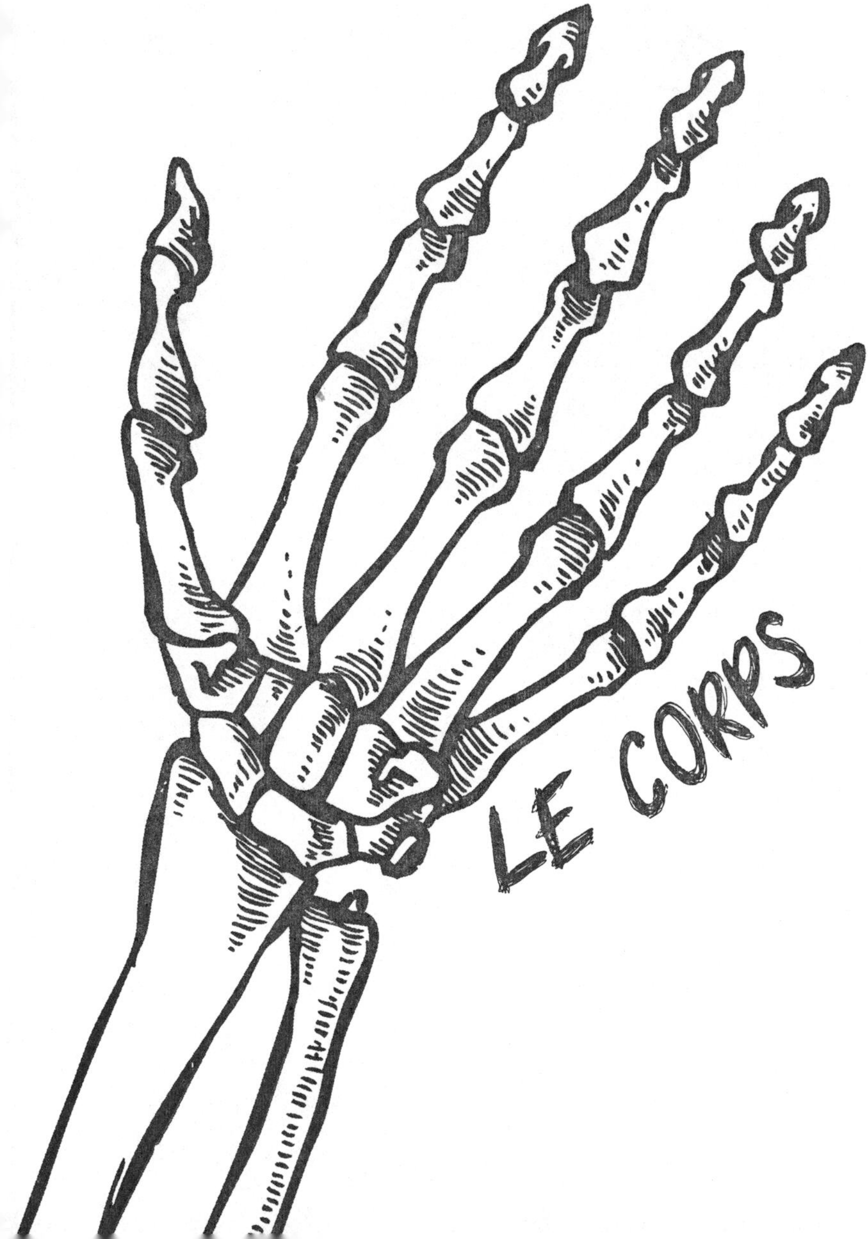
LE CORPS

Stephen King

Le Corps

Traduit de l'anglais (États-Unis)
par Pierre Alien

Wiz
Albin Michel

Titre original :
THE BODY
(Première publication : Viking Press, New York, 1982)

La nouvelle *Le Corps* est parue sous le titre original *The Body*
dans le recueil *Different Seasons.*

Pour George McLeod.

1

Ce qu'il y a de plus important, c'est le plus difficile à dire. Des choses dont on finit par avoir honte, parce que les mots ne leur rendent pas justice – les mots rapetissent des pensées qui semblaient sans limites, et elles ne sont qu'à hauteur d'homme quand on finit par les exprimer. Mais c'est plus encore, n'est-ce pas ? Ce qu'il y a de plus important se trouve trop près du plus secret de notre cœur et indique ce trésor enfoui à nos ennemis, ceux qui n'aimeraient rien tant que de le dérober. On peut en venir à révéler ce qui vous coûte le plus à dire et voir seulement les gens vous regarder d'un drôle d'air, sans comprendre ce que vous avez dit ou pourquoi vous y attachez tant d'importance que vous avez failli pleurer en le disant. C'est ce qu'il y a de pire, je trouve. Quand le secret reste prisonnier en soi non pas faute de pouvoir l'exprimer mais faute d'une oreille qui vous entende.

J'allais sur mes treize ans quand j'ai vu un mort pour la

première fois. C'est arrivé en 1960, il y a longtemps... mais parfois il me semble que ce n'est pas si lointain. Surtout les nuits où je me réveille de ce rêve où la grêle tombe dans ses yeux ouverts.

2

Nous avions une cabane dans un grand orme qui dominait un terrain vague, à Castle Rock. Aujourd'hui une entreprise de déménagement occupe le terrain et l'orme a disparu. Le progrès. C'était une sorte de club, bien qu'il n'eût pas de nom. On était cinq habitués, peut-être six, avec quelques nouveaux qui nous tournaient autour. On les laissait venir quand on jouait aux cartes et qu'on voulait un peu de sang nouveau. D'habitude on jouait au black jack pour des clopinettes, pas plus de cinq cents. Mais un black jack avec cinq cartes rapportait le double... le *triple* avec six cartes, sauf que Teddy était le seul assez dingue pour essayer.

Les côtés de la cabane étaient en planches récupérées dans les déchets de chez Mackey, le marchand de matériaux de Carbine Road. Elles étaient pleines d'échardes et de trous qu'on bouchait avec du papier cul ou des

Kleenex. Le toit était une tôle ondulée qu'on avait piquée à la décharge en nous retournant sans arrêt parce qu'on disait que le chien du gardien était un vrai monstre qui dévorait les enfants. Le même jour on a aussi trouvé une porte en grillage. Imperméable aux mouches mais vraiment rouillée – *extrêmement* rouillée, je dirais même. À n'importe quelle heure du jour, à travers cette porte, on aurait dit le coucher du soleil.

À part jouer aux cartes, le club était un bon endroit pour aller fumer des cigarettes et regarder des magazines. Il y avait une demi-douzaine de cendriers cabossés en fer-blanc avec CAMEL inscrit au fond, plein de pin-up épinglées aux planches rugueuses, vingt ou trente paquets de cartes écornées (Teddy les avait par son oncle qui tenait la papeterie de Castle Rock – quand l'oncle lui avait demandé à quels genres de jeux on jouait, Teddy avait répondu qu'on faisait des tournois de cribbage[1], et l'oncle avait trouvé ça parfait), une boîte de jetons de poker en plastique et un tas de vieilles revues policières, des *Master Detective*, qu'on feuilletait quand on n'avait vraiment rien d'autre à faire. On avait construit aussi sous le plancher un compartiment secret de cinquante centimètres sur soixante pour planquer la plupart de ces trucs quand un des pères essayait

---

1. Jeu de carte qui implique le hasard, le calcul et la mémoire.

de se la jouer on-est-des-vrais-copains. Quand il pleuvait, dans le club, on se serait cru à l'intérieur d'un *steel drum* jamaïcain... mais cet été-là il n'a pas plu.

C'était l'été le plus sec et le plus chaud depuis 1907 – d'après les journaux –, et ce vendredi, veille de la fête du Travail et d'une nouvelle année scolaire[2], même les tournesols des champs et les fossés le long des routes paraissaient misérables et desséchés. Cette année-là personne n'avait ramassé trois pets dans son potager, et les piles de bocaux à conserves du Red & White étaient encore en vitrine et ramassaient la poussière. Rien n'était sorti de terre, sauf quelques pissenlits.

Au club, ce vendredi matin, il y avait Teddy, Chris et moi, tirant la gueule à cause de la rentrée si proche, jouant aux cartes, nous racontant les mêmes histoires de commis voyageurs ou des histoires de français. Comment tu sais quand un Français est entré dans ta cour ? Quand la poubelle est vide et la chienne enceinte. Teddy essayait d'avoir l'air choqué, mais il était le premier à répéter une blague dès qu'il l'avait entendue, sauf qu'il disait Polack au lieu de Français.

L'orme nous faisait de l'ombre et nous avions ôté nos chemises pour qu'elles ne soient pas trop trempées

---

2. Aux États-Unis, la fête du travail est célébrée le premier lundi de septembre.

de sueur. On jouait au scat à trois sous, le jeu le plus chiant qui existe, mais il faisait trop chaud pour penser à quelque chose de plus compliqué. On avait vaguement joué au scratchball jusqu'à la mi-août, et puis la plupart des gosses avaient disparu. Trop chaud.

J'avais jeté le reste et je montais à pique. Parti avec treize, reçu un huit, ça faisait vingt et un, et depuis rien ne s'était passé. Chris a abattu. J'ai tiré mes dernières cartes pour rien.

« Vingt-neuf, a dit Chris en étalant du carreau.

– Vingt-deux. Teddy a eu l'air dégoûté.

– Vous pisse à la raie », ai-je dit en jetant mon jeu sans le montrer.

« Fini pour Gordie, a trompetté Teddy, l'vieux Gordie a plongé, il est dehors. » Ensuite il a poussé son fameux rire à la Teddy Duchamp – *Eeee-eee-eee*, le bruit d'un clou rouillé qu'on arrache d'une planche pourrie. Pour ça, il était bizarre, on le savait. Il n'avait pas encore treize ans, comme nous tous, mais ses grosses lunettes et le sonotone qu'il portait lui donnaient l'air d'un vieux. Les mômes essayaient toujours de lui mendier des clopes dans la rue, mais dans sa poche de chemise il n'y avait que la pile de son appareil.

Malgré les lunettes et le bouton couleur chair qu'il avait vissé à l'oreille, il y voyait mal et comprenait souvent de travers ce qu'on lui disait. Au base-ball il fallait le mettre sur les ailes, derrière Chris à gauche et Billy Greer à droite. En espérant que personne ne taperait aussi loin, parce que Teddy se lancerait dans une poursuite acharnée, qu'il voie la balle ou non. Des fois il se prenait de sacrés gnons, et un jour il s'est assommé en rentrant bille en tête dans un mur près du club. Il est resté sur le dos avec les yeux blancs pendant presque cinq minutes, et j'ai eu peur. Ensuite il s'est relevé et s'est baladé le nez en sang, avec une grosse bosse violette au milieu du front, disant que c'était un coup bas.

Il y voyait mal de naissance, mais il était arrivé quelque chose de pas naturel à ses oreilles. À l'époque, alors que le truc était d'avoir les cheveux coupés de sorte que les oreilles dépassaient comme les anses d'une cruche, Teddy avait la première coupe à la Beatles de Castle Rock – quatre ans avant que les Américains entendent parler des Beatles. Il cachait ses oreilles parce qu'on aurait dit deux paquets de cire molle.

Un jour, quand il avait huit ans, son père s'était mis en rogne parce qu'il avait cassé une assiette. À cette heure-là sa mère travaillait à la fabrique de chaussures de South Paris, et quand elle est rentrée c'était trop tard.

Son père l'avait emmené près de la grande cuisinière à bois au fond de la cuisine et lui avait collé la tête contre une des plaques en fonte du foyer. Il l'avait tenu une dizaine de secondes, l'avait attrapé par les cheveux et avait recommencé de l'autre côté. Ensuite il avait appelé les urgences et leur avait dit de venir chercher son fils. Il a raccroché, il est allé chercher son 410 dans le placard, et il s'est installé devant la TV pour regarder le feuilleton avec le fusil sur ses genoux. Quand Mme Burroughs, la voisine, est venue demander si Teddy allait bien – elle avait entendu les cris –, Duchamp père l'a menacée de son arme. Mme Burroughs est sortie de la maison à la vitesse de la lumière, elle s'est enfermée chez elle et a appelé la police. Quand l'ambulance est arrivée, M. Duchamp a fait entrer les infirmiers avant d'aller monter la garde sur la véranda, derrière la maison, pendant qu'ils emmenaient Teddy en civière jusqu'à l'ambulance, une vieille Buick avec des hublots sur le côté.

Duchamp père a expliqué aux infirmiers que ces putains de gradés avaient dit que le coin était dégagé, alors qu'il y avait des boches embusqués un peu partout. Un des infirmiers lui a demandé s'il pourrait tenir le coup. Le père a eu un sourire crispé et répondu qu'il tiendrait jusqu'à ce qu'on vende des frigidaires en enfer, s'il le fallait. L'infirmier a salué, le père a salué aussi sec. Quelques minutes après le départ de l'ambulance la police est arrivée et a relevé Norman Duchamp de sa faction.

Cela faisait près d'un an qu'il faisait de drôles de trucs comme tuer des chats et foutre le feu à des boîtes aux lettres, et après l'atrocité commise sur son fils ils avaient expédié l'audience et l'avaient envoyé à Togus, un hôpital pour anciens combattants. Un hôpital où on met les dingues. Duchamp père avait pris d'assaut les plages de Normandie, comme disait toujours Teddy. Teddy était fier de son vieux malgré ce qu'il lui avait fait, et il allait le voir toutes les semaines avec sa maman.

De tous nos copains c'était le plus con, je pense, et le plus fou. Il prenait toujours des risques insensés, et il s'en tirait toujours. Son grand truc c'était la corrida des poids lourds, comme il disait. Il se jetait devant, sur la 196, et quelquefois le camion le manquait d'un poil. Dieu sait combien de crises cardiaques il a provoquées : il riait quand le vent du poids lourd giflait ses fringues. On crevait de trouille tellement il y voyait mal, avec ou sans ses lunettes en culs de bouteille. Un jour ou l'autre il allait faire une erreur. Et il fallait faire attention avant de le provoquer, parce qu'il aurait relevé n'importe quel défi.

« Gordie est fini, eeeeee-eee-eee !

– Crève », ai-je dit en ramassant un *Master Détective* pour lire pendant qu'ils finissaient la partie. C'était « La jolie étudiante piétinée à mort dans un ascenseur en panne », et je me suis plongé dedans.

Teddy a ramassé son jeu, lui a donné un coup d'œil et a dit : « J'abaisse.

– Tas de merde aux yeux tordus ! s'est écrié Chris.

– Le tas de merde a des yeux par milliers », a gravement répondu Teddy. Chris et moi avons éclaté de rire. Teddy nous a regardés en fronçant légèrement les sourcils, comme s'il se demandait ce qui nous faisait rire. Il y avait ça aussi avec ce mec – il sortait toujours des trucs bizarres comme « Le tas de merde a des yeux par milliers », et on ne savait jamais s'il avait voulu être drôle ou si ça se trouvait comme ça. Il regardait ceux qui riaient, légèrement réprobateur, comme pour dire : *Oh Seigneur qu'est-ce que c'est encore ?*

Teddy avait trente points, servi – valet, reine et roi de trèfle. Chris n'en avait que seize, il a dû se défausser.

Teddy battait les cartes aussi maladroitement que d'habitude et j'en arrivais au passage le plus juteux de mon polar, là où le marin fou de La Nouvelle-Orléans dansait la bourrée écossaise sur le corps de cette collégienne de Bryn Mawr parce qu'il ne supportait pas d'être enfermé, quand nous avons entendu quelqu'un grimper à toute allure l'échelle clouée au tronc d'arbre. On a cogné du poing sous la trappe.

« Qui c'est ? a crié Chris.

– Vern ! » Il avait l'air excité, et essoufflé.

Je suis allé à la trappe et j'ai tiré le verrou. La trappe s'est ouverte d'un coup et Vern Tessio, un des habitués, a fait irruption dans le club. Il suait comme une vache et ses cheveux, d'habitude soigneusement coiffés comme ceux de son idole du rock, Bobby Rydell, étaient emmêlés et plaqués sur sa tête toute ronde.

« Waouh, les mecs, a-t-il soufflé, attendez que je vous dise.

– Dise quoi ? ai-je demandé.

– Laisse-moi reprendre mon souffle. J'ai pas arrêté de courir depuis chez moi.

– *Je suis rentré en courant*, a lancé Teddy d'une affreuse voix de fausset à la Little Anthony, *juste pour demander pardo-on...*

– Va te branler, mec, a dit Vern.

– Va chier dans le lac, lui a retourné Teddy aussi sec.

– T'as couru depuis chez toi ? a demandé Chris, incrédule. T'es dingue, mec. » Vern habitait Grand Street, à plus de trois kilomètres. « Il doit faire plus de quarante dehors.

– Ça vaut le coup. C'est incroyable ! Franchement. » Il s'est frappé le front pour nous montrer à quel point il était sincère.

« Bon, c'est quoi ? a répété Chris.

– Vous pouvez venir camper cette nuit ? » Vern était

sérieux, le regard surexcité. « Je veux dire, si vous dites à vos vieux qu'on plante la tente dans mon pré ?

– Ouais, je suppose, a dit Chris en ramassant ses cartes. Mais mon vieux est dans une mauvaise passe. Il a le vin méchant, tu sais.

– Il le faut, mec. Franchement. C'est incroyable. Tu peux, Gordie ?

– Probable. »

On me laissait faire plein de trucs de ce genre – en fait cet été-là j'étais le Môme Invisible. En avril Dennis, mon frère aîné, s'était tué en Jeep, un accident à Fort Benning, en Georgie, où il faisait ses classes. Lui et un autre gus allaient au PX quand un camion de l'armée leur était rentré dedans. Dennis a été tué sur le coup et son passager était toujours dans le coma. Dennis aurait eu vingt-deux ans à la fin de la semaine. J'avais déjà choisi sa carte d'anniversaire chez Dahlie, à Castle Green.

J'ai pleuré quand je l'ai su, j'ai pleuré encore plus à l'enterrement, je ne pouvais pas croire qu'il avait disparu, que celui qui me frottait la tête ou me faisait peur avec une araignée en caoutchouc jusqu'à ce que je fonde en larmes, ou venait m'embrasser quand je m'étais écorché les genoux en me chuchotant à l'oreille : « Maintenant arrête de pleurer, bébé ! », qu'une personne qui m'avait *touché* pouvait mourir. Qu'il soit mort m'avait fait mal et m'avait fait peur... par contre mes parents en avaient eu le cœur brisé. Dennis, je peux dire que je le connaissais, guère plus. Il avait dix ans de plus que moi, vous pigez, il avait ses propres copains, ses camarades de classe. On a mangé à la même table pendant des années, parfois c'était un ami, parfois un persécuteur, mais surtout c'était un garçon de plus, vous voyez, un autre. Quand il est mort il était déjà parti depuis un an, sauf pour une ou deux permissions. On ne se ressemblait même pas. C'est longtemps après cet été-là que j'ai compris avoir versé toutes ces larmes en grande partie à cause de papa et maman. Pour le bien que ça leur a fait, ou à moi.

« Alors tu la craches ou tu la pisses, Vern-O ? a demandé Teddy.

– J'abats, a dit Chris.

– *Quoi* ? a hurlé Teddy, oubliant Vern instantanément. Fichu menteur ! T'as pas été servi du premier coup. Je ne t'ai pas servi du premier coup. »

Chris a ricané. « Tire tes cartes, tête de con. »

Teddy a pris la première carte du paquet. Chris a pris les Winston derrière lui sur l'étagère. Je me suis penché pour ramasser mon magazine.

Vern Tessio : « Vous voulez voir un mort, les gars ? »

Tous, on s'est arrêtés net.

3

Naturellement, on en avait tous entendu parler à la radio. Notre radio, une Philco avec une caisse fendue qu'on avait aussi récupérée à la décharge, marchait en permanence. On la réglait sur WLAM, une station de Lewiston qui jouait les super-tubes et les vieux classiques : *What in the World's Come Over You* par Jack Scott, *This Time* par Troy Shondell, *King Creole* par Elvis et *Only the Lonely* par Roy Orbison. À l'heure des infos, personne n'écoutait. Les infos n'étaient qu'un tas de conneries béates sur Kennedy et Nixon et Quemoy et Matsu et le retard en missiles et ce Castro, quel salaud. Mais l'histoire de Ray Brower, on l'avait écoutée parce que c'était un gosse de notre âge.

Il vivait à Chamberlain, une ville à une soixantaine de kilomètres de Castle Rock. Trois jours avant que Vern débarque au club après avoir couru trois kilomètres,

Ray Brower était sorti ramasser des mûres avec un seau donné par sa mère. Quand la nuit est tombée, il n'était toujours pas rentré, les Brower ont appelé le shérif et les recherches ont commencé – d'abord autour de chez lui, et peu à peu dans les communes voisines, Motton, Durham et Pownal. Tout le monde s'y est mis – les flics, les vigiles, les gardes-chasse, des volontaires. Mais trois jours plus tard le gosse n'avait pas reparu. En écoutant la radio on savait bien qu'on ne retrouverait jamais le pauvre gars vivant – les recherches allaient peu à peu s'éteindre d'elles-mêmes. Il avait pu étouffer dans une carrière ou se noyer dans un torrent, et dans dix ans un chasseur tomberait sur son squelette. On draguait déjà les étangs de Chamberlain et le réservoir de Motton.

Aujourd'hui, dans le sud-ouest du Maine, rien de ce genre ne pourrait arriver ; la banlieue a presque tout recouvert, et les communes-dortoirs autour de Portland et de Lewiston se sont étendues comme les tentacules d'une pieuvre géante. Les forêts sont encore là, de plus en plus épaisses vers l'ouest et les Montagnes Blanches, mais si vous gardez le cap assez longtemps pour faire huit kilomètres dans la même direction, vous tombez immanquablement sur une route goudronnée. En 1960, par contre, rien n'avait été construit entre Chamberlain et Castle Rock, et il y avait même des endroits où on n'exploitait pas la forêt depuis avant la Seconde Guerre mondiale. À l'époque il était encore possible de s'enfoncer dans les bois, de se perdre et d'y mourir.

4

Vern Tessio, ce matin-là, était en train de creuser sous sa véranda.

On a tous compris au quart de tour, mais il faut peut-être que je prenne une minute pour vous expliquer. Teddy Duchamp n'était pas très malin, mais Vern n'avait rien d'une lumière. Pourtant Billy, son frère, était encore plus con, comme vous verrez. Mais faut d'abord que je vous dise pourquoi Vern creusait derrière chez lui.

Quatre ans plus tôt, quand il en avait huit, Vern avait enterré un bocal plein de petite monnaie sous la grande véranda des Tessio. Cet endroit obscur, pour lui, c'était sa « cave ». Il jouait au pirate, plus ou moins, et le bocal était un trésor – sauf que si on jouait aux pirates avec Vern il ne fallait pas dire trésor, mais « butin ». Donc il avait enfoui profondément son bocal, rebouché le trou et recouvert le tout avec les feuilles mortes qui s'accumulaient depuis des années. Il avait dessiné une carte du trésor qu'il avait mise dans sa chambre avec ses affaires. Et il avait tout oublié pendant un mois. Un jour qu'il manquait de fric pour un film ou autre chose, il s'était souvenu de la monnaie et avait cherché sa carte. Mais sa mère avait déjà fait le ménage deux ou trois fois, ramassé les livres de blagues, les papiers de bonbons, les débris de BD et les livres de blagues. Un matin elle s'en était servie pour allumer le feu dans la cuisinière, et la carte au trésor s'était envolée par la cheminée.

Du moins c'est ce qu'il croyait.

Il a essayé de retrouver l'emplacement de mémoire et s'est mis à creuser. Pas de chance. À droite et à gauche de l'endroit. Toujours rien. Ce jour-là, il avait abandonné, mais depuis, il n'arrêtait pas de chercher. Pendant quatre ans, mec. Quatre *ans*. Il y a pas de quoi en pisser dans son froc ? On ne savait même pas s'il fallait en rire ou en pleurer.

C'était devenu une sorte d'obsession. La véranda des Tessio courait tout du long de leur maison, environ treize mètres de long sur deux de large. Il avait retourné le moindre centimètre de terrain deux et même trois fois – pas de bocal. Dans sa tête le nombre des pièces s'est mis à grandir. Au début il nous avait dit qu'il y en avait peut-être pour trois dollars. Un an plus tard il en était à cinq et dernièrement c'était monté à dix, plus ou moins selon qu'il était plus ou moins fauché.

De temps en temps on essayait de lui dire ce qui nous paraissait clair – que Billy l'avait su et avait lui-même déterré le bocal. Vern refusait d'y croire, alors pourtant qu'il détestait Billy autant que les Juifs détestent les Arabes et qu'il aurait volontiers condamné à mort son frère pour vol s'il en avait eu l'occasion. Et il refusait de poser directement la question à Billy. Probablement de crainte que son frère n'éclate de rire et lui dise *Bien sûr que je l'ai pris, pauvre taré, il y avait vingt dollars de pièces dans ce putain de bocal et j'ai tout dépensé.* Au lieu de quoi Vern allait creuser à la recherche de ses piécettes chaque fois que l'inspiration lui en venait (et que Billy n'était pas là). Il sortait en rampant de sous la véranda, son jean crasseux, ses cheveux pleins de feuilles et les mains vides. On se moquait de lui à fond et on l'avait surnommé Penny – Penny Tessio. Je crois qu'il n'est venu si vite nous apporter les nouvelles au club que pour nous montrer qu'il était quand même sorti quelque chose de sa chasse au trésor.

Ce matin-là il s'était levé avant tout le monde, avait avalé ses corn-flakes, était sorti dans l'allée lancer quelques ballons dans le vieux panier de basket accroché au garage – pas grand-chose à faire, ni rien, ni personne pour jouer au fantôme, alors il s'était dit qu'il allait essayer encore un coup. Il était sous la véranda quand au-dessus de lui la porte en grillage avait claqué. Il s'était figé sur place, sans faire un bruit. Si c'était son père, il sortirait. Si c'était Billy, il resterait jusqu'à ce que son frère soit parti avec son copain Charlie Hogan.

Deux paires de pieds ont fait vibrer la véranda, et Charlie Hogan s'est écrié d'une voix tremblante, au bord des larmes : « Billy, qu'est-ce qu'on va faire ? »

Entendre Charlie Hogan parler comme ça, nous a dit Vern – Hogan était un des gosses les plus coriaces de la ville –, avait suffi pour lui faire dresser l'oreille. Charlie, après tout, traînait avec Ace Merrill et Bigeye Chambers – et quand on se maque avec des mecs pareils, on est censé être un dur.

« Rien, a dit Billy. Voilà ce qu'on va faire. Rien.

– Faut qu'on fasse *quêqu'chose* », a répondu Charlie, et ils se sont assis pas loin de là où Vern s'était accroupi. « Tu l'as *vu* ? »

Vern a tenté le coup et s'est glissé plus près, l'eau à la bouche. Il en était à se dire que ces deux-là s'étaient vraiment soûlés et avaient renversé quelqu'un. Il a fait très gaffe à ne pas faire craquer les feuilles mortes. S'ils s'apercevaient qu'il était là et qu'il les avait entendus, ce qui resterait de lui tiendrait dans une boîte de pâtée pour chien.

« C'est rien pour nous, a dit Billy. Le môme est mort alors c'est rien pour lui non plus. Qui en a quelque chose à foutre qu'ils le trouvent ou pas ? Pas moi.

– C'est ce gosse dont ils ont parlé à la radio, a dit Charlie. C'était lui, merde, c'est sûr. Brocker, Brower, Flowers, quelque chose comme ça. Ce putain de train a dû le toucher.

– Ouais », a dit Billy. On a frotté une allumette. Vern l'a vue tomber sur le gravier et a senti l'odeur du tabac. « L'a pas loupé. Et t'as dégueulé. »

Pas un mot, mais Vern a senti les vagues de honte qui rayonnaient de Charlie Hogan.

« Bon, les filles ne l'ont pas vu, a repris Billy. Une chance. » D'après le bruit il a donné à Charlie une claque dans le dos pour le regonfler. « Elles en bavasseraient d'ici à Portland. On a foutu le camp en vitesse, en tout cas. Tu crois qu'elles ont pigé que ça n'allait pas ?

– Non. Marie n'aime pas prendre la route de Back Harlow et passer devant le cimetière, de toute façon. Elle a peur des fantômes. » Il a repris sa voix pleurnicharde : « Je voudrais qu'on n'ait pas fauché de bagnole hier soir ? Qu'on soit juste allé au ciné comme on devait ! »

Charlie et Billy sortaient avec deux grognasses, Marie Dougherty et Beverly Thomas. On ne voit des tas pareils que dans des baraques de foire – des boutons, des moustaches, un vrai carnaval. Quelquefois tous les quatre – ou six ou huit si Fuzzy Bracowicz ou Ace Merrill venaient avec leurs mômes – piquaient une voiture dans un parking de Lewiston et allaient se balader à la campagne avec deux ou trois bouteilles de vin et un pack de ginger ale. Ils emmenaient les filles du côté de Castle View, d'Harlow ou de Shiloh, ils buvaient des Purple Jésus et se roulaient des pelles. Ensuite ils balançaient la caisse près de chez eux. Les babouins s'amusent d'un rien, comme disait Chris. Ils ne s'étaient jamais fait prendre, mais Vern n'attendait que ça. L'idée d'aller voir Billy le dimanche à la maison de correction le mettait en joie.

« Si on le dit aux flics ils voudront savoir comment on est arrivés si loin d'Harlow, a dit Billy. On n'a pas de bagnole, aucun de nous. Vaut mieux qu'on la ferme. Ils pourront rien nous faire.

– On pourrait faire un appel anonyme, a dit Charlie.

– Ils les repèrent, ces putains d'appels, a dit Billy, menaçant. Je l'ai lu dans *Highway Patrol*. Et dans *Dragnet*.

– Ouais, c'est vrai, a dit Charlie, misérable. Merde. Je voudrais que Ace ait été là. On aurait dit aux flics qu'on était dans sa bagnole.

– Ben, il y était pas.

– Ouais. Charlie a soupiré. Je suppose que t'as raison. » Un mégot est tombé dans l'allée. « Fallait vraiment qu'on monte pisser sur les voies, hein ? On n'aurait pas pu aller de l'autre côté, non ? Et j'ai dégueulé sur mon pantalon. » Sa voix s'est assourdie : « Ce putain de gosse était bien arrangé, tu sais ? T'as vu ce fils de pute, Billy ?

– J'ai vu. » Un second mégot a rejoint le premier. « Allons voir si Ace est levé. J'ai soif.

– On va lui dire ?

– Charlie, on va le dire à *personne. À personne jamais.* Tu piges ?

– Je pige. Merde, je voudrais qu'on n'ait jamais piqué cette putain de Dodge.

– Bof, ferme ta putain de gueule et amène-toi. »

Deux paires de jambes moulées dans des jeans délavés, deux paires de bottes de moto, noires avec des boucles, ont descendu les marches. Vern, à quatre pattes, s'est figé sur place (« Mes couilles sont remontées si haut que je croyais qu'elles voulaient rentrer à la maison », nous a-t-il dit), certain que son frère allait sentir sa présence, le traîner dehors et le tuer – lui et Charlie Hogan auraient fait jaillir par ses oreilles en feuilles de chou le peu de cervelle que le Seigneur avait jugé bon de lui donner et l'auraient ensuite piétiné avec leurs bottes de moto. Mais ils ont continué, simplement, et quand Vern a été sûr qu'ils étaient partis, il est sorti en rampant et a couru jusqu'ici.

5

« Tu as vraiment de la chance, ai-je dit. Ils t'auraient tué.

– Je connais la route de Back Harlow, a dit Teddy. Elle se termine en cul-de-sac à la rivière. On allait y pêcher des poissons-chats. »

Chris a approuvé de la tête. « Il y avait un pont, mais il y a eu une crue, il y a longtemps. Maintenant il n'y a plus que les rails.

– Est-ce qu'un môme aurait vraiment pu marcher de Chamberlain à Harlow ? lui ai-je demandé. Ça fait plus de trente kilomètres.

– Je pense que oui. Il est probablement tombé sur la voie et il l'a suivie. Il se disait peut-être qu'elle le ferait sortir de la forêt ou qu'il pourrait faire signe à un train pour qu'il s'arrête. Mais il n'y a plus que des trains de marchandises – le GS & WM jusqu'à Derry et

Brownsville – et encore pas beaucoup. Il aurait dû marcher jusqu'à Castle Rock pour s'en sortir. Et la nuit un train a fini par venir... et splatch ! »

Chris a fait claquer son poing dans sa main ouverte avec un bruit mat. Teddy, un vétéran rescapé de nombreuses corridas sur la 196, a eu l'air vaguement satisfait. J'avais un peu mal au cœur en imaginant ce gosse si loin de chez lui, crevant de trouille mais s'obstinant à suivre les rails, marchant probablement sur les traverses à cause des bruits nocturnes venant des buissons et des arbres au-dessus de lui... et peut-être même des fossés longeant la voie. Alors le train est arrivé, et le grand phare à l'avant a pu l'hypnotiser jusqu'à ce qu'il soit trop tard pour sauter. Ou il était peut-être allongé sur la voie, évanoui tellement il avait faim. D'une façon ou d'une autre, de toute façon, Chris avait dit juste : splatch, point final. Le gosse était mort.

« Bon alors, vous voulez voir ça ? » a demandé Vern. Il se tortillait comme s'il avait envie de pisser tellement il était excité.

On l'a tous regardé pendant une longue seconde, sans rien dire. Et puis Chris a jeté ses cartes. « Bien sûr ! Et je te parie n'importe quoi qu'on aura nos photos dans le journal !

– Hein ? a dit Vern.

– Regarde. » Chris s'est penché sur la table crasseuse. « On va trouver le corps et le signaler ! On sera aux infos !

– J'sais pas, a répondu Vern, visiblement refroidi. Billy saura où je l'ai su. Il va me faire la tête au carré.

– Mais non, ai-je dit, parce que c'est *nous* qui aurons découvert le môme, pas Billy et Charlie Hogan dans une voiture piquée. Pour eux, aucun problème. Ils vont probablement t'offrir une médaille, Penny.

– Ouais ? » Vern a souri, découvrant ses dents gâtées. Un sourire un peu ébloui, comme si l'idée que Billy soit content de ce qu'il ait fait lui faisait l'effet d'un direct au menton. « Ouais, tu crois ? »

Teddy souriait, lui aussi. Puis il a froncé les sourcils. « Oh ! oh !

– Quoi ? » Vern s'est remis à gigoter, craignant qu'une objection fondamentale vienne de jaillir dans le cerveau de Teddy... ou dans ce qui en tenait lieu.

« Nos vieux, a dit Teddy. Si on découvre le corps du môme demain au sud d'Harlow. Ils vont savoir qu'on n'a pas campé cette nuit dans le pré de chez Vern.

– Ouais, a ajouté Chris. Ils vont savoir qu'on est allés le chercher.

– Mais non. » J'étais dans un drôle d'état – à la fois excité et effrayé, sachant qu'on pouvait le faire et s'en tirer. Émotions contradictoires qui me donnaient un mélange de migraine et de nausée. J'ai ramassé les cartes pour m'occuper les mains et je me suis mis à les battre. Ça et jouer au cribbage, c'est tout ce que m'avait appris mon grand frère. Les autres enviaient ma façon de battre, et tous ceux que je connaissais m'avaient demandé de le leur montrer... sauf Chris. Je suppose qu'il était le seul à comprendre que c'était comme de distribuer des morceaux de Dennis, et j'en avais si peu que je ne pouvais pas me permettre de les donner.

« On va juste leur dire qu'on en a eu marre de camper derrière chez Vern parce qu'on l'a fait trop souvent. Qu'on a décidé de suivre les voies et d'aller camper dans les bois. Je parie qu'on ne recevra même pas de raclée tellement ils seront excités par ce qu'on aura trouvé.

– De toute façon mon vieux va me cogner, a dit Chris. Il est vraiment méchant, ces temps-ci. » Il a secoué la tête, maussade. « Au diable, ça vaut la balade.

– Okay », a dit Teddy en se levant. Il avait toujours son sourire de dingue, prêt à lâcher son rire de crécelle d'une seconde à l'autre. « Allons tous ensemble chez Vern après déjeuner. Qu'est-ce qu'on leur dit pour le dîner ?

– Toi et moi et Gordie, on peut dire qu'on mange chez Vern, a dit Chris.

– Et je dirai à maman que je vais dîner chez Chris », a dit Vern.

Ça marcherait sauf en cas d'urgence imprévue ou si les parents se mettaient au courant. Mais il n'y avait pas de téléphone chez Chris, ni chez Vern. À l'époque il y avait plein de familles qui trouvaient que c'était un luxe, surtout des familles de bouseux. Et aucun de nous ne venait de la haute.

Mon père était à la retraite. Celui de Vern avait bossé à la minoterie et avait encore une DeSoto 1952. La mère de Teddy avait une maison sur Danberry Street et prenait un locataire quand elle en trouvait. Cet été-là elle n'en avait pas ; la pancarte CHAMBRE MEUBLÉE était à la fenêtre du salon depuis juin. Et le père de Chris était toujours plus ou moins dans une « mauvaise passe » ; c'était un ivrogne qui vivait surtout des allocs et passait le plus clair de son temps à traîner au bar de chez Sukey avec Junior Merrill, le père de Ace, et deux autres sacs à vin du coin.

Chris ne parlait pas beaucoup de son père, mais nous savions qu'il le haïssait comme la peste. Environ tous les quinze jours Chris avait des marques un peu partout, des bleus sur les joues et le cou, un œil enflé et coloré comme un coucher de soleil, et un jour il est arrivé à l'école avec un énorme pansement improvisé à l'arrière du crâne. D'autres fois il ne venait même pas. Sa mère disait qu'il était malade parce qu'il était trop amoché pour venir. Chris était malin, vraiment malin, mais il séchait beaucoup la classe et M. Halliburton, l'inspecteur scolaire, passait tout le temps chez eux dans sa vieille Chevrolet noire avec un autocollant dans l'angle du pare-brise, PAS D'AUTO-STOPPEURS. Quand Chris manquait et que Bertie (on l'appelait comme ça derrière son dos, bien sûr) l'attrapait, il le traînait à l'école et le faisait coller pour la semaine. Mais quand Bertie voyait que Chris restait chez lui parce que son père lui avait flanqué une raclée, il s'en allait sans piper mot à qui que ce soit. Il a fallu vingt ans pour que je remette en question son sens des priorités.

L'année d'avant, Chris avait été suspendu pour trois jours. L'argent de la cantine avait disparu un jour où Chris était chef de dortoir et l'avait ramassé. Comme c'était un Chambers, un de ces bons à rien de Chambers, il a dû porter le chapeau bien qu'il ait juré qu'il n'avait pas piqué ce fric. Cette fois-là Chambers père a envoyé Chris à l'hôpital ; quand il a su que son fils était suspendu, il lui a cassé le nez et le poignet droit. Chris sortait d'une drôle de famille, c'est sûr, et tout le monde pensait qu'il tournerait mal... lui compris. Ses frères avaient admirablement répondu aux attentes de la ville. Frank, l'aîné, s'était sauvé de chez lui à dix-sept ans, s'était engagé dans la marine et avait fini par faire un long séjour à Portsmouth pour viol et attentat aux mœurs. Le suivant, Richard (il avait l'œil droit bizarre et baladeur, c'est pour ça que tout le monde l'appelait Bigeye), avait abandonné le lycée en seconde, il était pote avec Charlie, Billy Tessio et leurs copains délinquants.

« Je crois que tout ça va marcher, ai-je dit à Chris. Et John et Marty ? » John et Marty DeSpain étaient les deux autres membres réguliers de notre bande.

« Ils ne sont pas rentrés, a dit Chris. Ils ne seront là que lundi.

– Oh ! C'est dommage.

– Alors on est parés ? » a demandé Vern, toujours agité. Il ne voulait pas qu'on change de sujet, même une minute.

« Je pense que oui, a dit Chris. Qui veut encore jouer au scat ? »

Personne. On était trop excités pour ça. On est descendus de notre arbre, on a escaladé le mur du terrain vague et on a joué trois mouches et six bases pendant un bout de temps avec la vieille balle en crin de Vern, mais ça n'était pas drôle non plus. On ne pouvait plus penser qu'à ce gosse écrasé par un train et qu'on allait tous le voir, ou ce qui en restait. Vers dix heures on est rentrés chez nous pour arranger le truc avec nos parents.

6

Je suis rentré à onze heures et quart, après m'être arrêté au drugstore pour regarder les bouquins de poche. Je faisais ça tous les deux jours pour voir s'il y avait un nouveau John D. MacDonald. J'avais un *quarter* et je m'étais dit que s'il y en avait un je le prendrais. Mais il ne restait que des vieux, et je les avais presque tous lus une demi-douzaine de fois.

Quand je suis arrivé la voiture n'était pas là, et je me suis souvenu que maman et ses copines étaient allées écouter un concert à Boston. Une grande habituée des concerts, ma vieille. Et pourquoi pas ? Son fils unique était mort et il fallait qu'elle se change les idées. Je dois avoir l'air plutôt amer. Mais je crois que si vous aviez été à ma place, vous auriez compris pourquoi.

Papa était derrière en train d'arroser soigneusement son jardin dévasté. Si son air morne ne disait pas assez clairement que c'était une cause perdue, l'aspect du jardin dissipait tous les doutes. La terre était gris clair, pulvérulente. Tout était mort sauf le maïs, qui n'avait pas fait un seul épi mangeable. Papa disait qu'il n'avait jamais su arroser un jardin. Il fallait que ce soit Mère Nature ou personne. Il mettait trop d'eau au même endroit et noyait les plantes. Celles de la rangée suivante crevaient de soif. Impossible d'atteindre un juste milieu. Mais il n'en parlait pas souvent. Il avait perdu un fils en avril et un jardin en août. S'il ne voulait parler ni de l'un, ni de l'autre, je suppose qu'il en avait le droit. Ce qui me faisait chier c'est que du coup il ne parlait plus de rien. Je trouvais que c'était pousser cette putain de démocratie un peu trop loin.

« Salut papa. » Arrivé près de lui je lui ai offert les Rollos que j'avais achetées au drugstore. « T'en veux une ?

– Bonjour, Gordon. Non merci. » Il a continué à faire voltiger son jet d'eau sur la terre grise et condamnée.

« Ça va si je vais camper ce soir dans le pré des Tessio avec les copains ?

– Quels copains ?

– Vern. Teddy Duchamp. Peut-être Chris. »

Je m'attendais à ce qu'il démarre sur Chris – une mauvaise herbe, une pomme pourrie au fond du panier, un voleur, un apprenti délinquant.

Mais il s'est contenté de soupirer : « Je suppose que ça va.

– Chouette ! Merci ! »

J'allais entrer dans la maison pour voir ce qu'il y avait à la télé quand il m'a lancé : « Ces types, là... Tu pouvais pas trouver mieux, Gordon ? »

Je l'ai regardé, prêt à discuter, mais ce jour-là il en paraissait incapable. Le contraire, je pense, aurait quand même été préférable. Affaissé, voûté, les traits tirés, il ne me regardait pas, les yeux fixés sur le jardin sans vie. Il avait une lueur étrange dans les yeux, peut-être des larmes.

« Oh, papa, ils sont okay...

– Bien sûr que oui. Un voleur et deux débiles. Quelle compagnie pour mon fils !

– Vern Tessio n'est pas débile. » Teddy était plus difficile à défendre.

« Douze ans et toujours en CM2. Et la fois où il est resté dormir. Le lendemain, quand le journal du dimanche est arrivé, il a mis une heure et demie à lire les pages de bandes dessinées. »

Je me suis mis en colère, parce que je ne trouvais pas ça juste. Il jugeait Vern comme il jugeait tous mes amis, en les ayant aperçus de temps en temps, surtout quand ils entraient ou sortaient de la maison. Il se trompait. Et quand il traitait Chris de voleur je voyais rouge à tous les coups, parce qu'il ne connaissait *rien* de lui. J'avais envie de le lui dire, mais si je le mettais en rogne il me garderait à la maison. Et de toute façon il n'était pas vraiment en colère, pas comme des fois pendant le dîner, quand il gueulait si fort que personne n'avait plus faim. Il avait juste l'air triste, fatigué, usé. Il avait soixante-trois ans, l'âge d'être mon grand-père.

Ma mère en avait cinquante-cinq – pas non plus une jeunette. Quand ils s'étaient mariés ils avaient tout de suite voulu fonder une famille. Ma mère avait été enceinte avant de faire une fausse couche. Elle en avait fait deux autres et le médecin lui avait dit qu'elle ne mènerait jamais une grossesse à terme. J'avais dû apprendre tout ça par cœur à chaque sermon qu'ils me faisaient. Ils voulaient que je me considère comme un envoi spécial de la poste divine, or je n'étais pas sensible à la bonne fortune que j'avais eue d'être engendré quand ma mère avait quarante-deux ans et des cheveux gris. Je ne lui étais pas plus reconnaissant que de son immense souffrance et de ses sacrifices.

Cinq ans après que le médecin eut dit qu'elle n'aurait jamais de bébé, elle avait été enceinte de Dennis. Au bout de huit mois, il était quasiment tombé tout seul, pesant ses huit livres – mon père disait que si elle l'avait mené à terme ce gosse en aurait pesé quinze. Le médecin avait dit : « Bon, parfois la nature se moque de nous, mais c'est le seul que vous aurez. Remerciez Dieu et n'en demandez pas plus. » Dix ans plus tard elle était enceinte de moi. Non seulement je suis né à terme, mais l'accoucheur a dû prendre les forceps pour me tirer de là. Vous avez déjà entendu parler d'une famille aussi mal foutue ?... Pour ne pas en faire tout un plat, disons que je vins au monde avec des parents prêts à sucrer les fraises et que mon seul frère jouait au base-ball avec les grands pendant que j'en étais à porter des couches.

Pour papa et maman, un don de Dieu leur avait suffi. Je ne dirais pas qu'ils m'ont maltraité, et c'est sûr qu'ils ne m'ont jamais battu, mais j'ai été une sacrée surprise, et je crois qu'à quarante ans on aime moins les surprises qu'à vingt ans. Après ma naissance ma mère a eu son opération, celle que ses copines appellent son « élastique ». Elle a dû vouloir être sûre à cent pour cent que Dieu ne lui enverrait plus de paquets. À l'université j'ai découvert que j'aurais eu toutes les chances de naître handicapé... et je pense que papa a eu un doute quand il a vu Vern mettre un quart d'heure à déchiffrer le dialogue de Beetle Baily.

Ce truc d'être ignoré : je ne l'ai pas vraiment pigé avant de faire le compte rendu d'un roman qui s'appelle

L'Homme invisible. Quand j'ai accepté de lire ce bouquin pour Mlle Hardy, je croyais que c'était l'histoire de science-fiction avec le type en bandelettes et Foster Grants – c'est Claude Rains qui a joué dans le film. Quand j'ai vu que c'était autre chose j'ai voulu le rendre, mais Mlle Hardy ne m'a pas laissé me défiler. J'ai fini par en être vraiment content. Dans cet *Homme invisible* il s'agit d'un noir. Personne ne le remarque jamais sauf quand il'fait le con. Les gens font comme s'ils voyaient au travers. Quand il parle, personne ne répond. C'est comme un fantôme noir. Une fois que je suis entré dedans j'ai dévoré ce bouquin comme si c'était un John D. MacDonald, parce que ce mec, Ralph Ellison, me parlait de *moi.* À dîner c'était Dennis combien de points as-tu faits et Dennis qui t'a invité au bal Sadie Hopkins et Dennis je veux te parler d'homme à homme à propos de cette voiture que nous avons vue. Je disais : « Passe-moi le beurre », et papa disait : Dennis, es-tu sûr de vouloir faire l'armée ? Je disais : « Passez-moi le beurre, quelqu'un, okay ? » et maman demandait à Dennis s'il voulait qu'elle lui prenne une de ces chemises Pendleton vendues dans le centre, et je finissais par aller chercher le beurre moi-même. Un soir, quand j'avais neuf ans, juste pour voir ce qui allait se passer, j'ai dit : « S'il vous plaît, passez-moi ces *foutues* patates. » Et ma mère a dit : « Dennis, tante Grace a téléphoné, elle a demandé après toi et Gordon. »

Le jour où Dennis a été diplômé avec mention par le lycée de Castle Rock, j'ai fait le malade et je suis resté à la maison. J'ai demandé à Royce, le frère aîné de Stevie Darabont, de m'acheter une bouteille de vin, j'en ai bu la moitié et au milieu de la nuit j'ai vomi dans mon lit.

Avec une pareille situation familiale on est censé détester son frère aîné ou l'idéaliser complètement – en tout cas c'est la psychologie qu'on vous apprend à la fac. Des conneries, non ? Mais pour ce que j'en sais je n'ai ressenti ni l'un ni l'autre envers Dennis. On se disputait rarement, on ne s'est jamais battus. Ça aurait été ridicule. Imaginez un gosse de quatorze ans trouvant de quoi se battre avec un frère de quatre ans ? Et il en a toujours suffisamment imposé à mes parents pour qu'ils ne le chargent pas de s'occuper de son petit frère, de sorte qu'il ne m'en a jamais voulu comme certains en veulent à leurs frères et sœurs. Quand Dennis m'emmenait quelque part c'était qu'il en avait envie, et ça a été les moments les plus heureux dont je me souvienne.

« Hé Lachance, c'est quoi ça ?

– Mon petit frère et tu fais gaffe à ta gueule, Davis. Il te foutrait une raclée. Gordon est un dur. »

Ils se rassemblent un moment autour de moi, immenses,

incroyablement grands, bref instant d'intérêt, comme une flaque de soleil. Ils sont tellement grands, tellement vieux.

« Hé, le môme ! Cette poule mouillée c'est vraiment ton grand frère ? »

J'approuve, timide.

« C'est un vrai trou du cul, pas vrai, le môme ? »

J'approuve encore et tout le monde, Dennis compris, hurle de rire. Puis Dennis frappe sèchement dans ses mains, deux fois, et dit : « Allons, on va s'entraîner ou on reste ici comme une bande de nazes ? »

Ils courent à leurs places, lançant déjà des balles dans tous les coins.

« Va t'asseoir sur le banc là-bas, Gordie. Ne fais pas de bruit. N'ennuie personne. »

Je vais m'asseoir là-bas sur le banc. Je suis sage. Je me sens incroyablement petit sous les nuages chauds de l'été. Je regarde mon frère lancer des balles. Je n'ennuie personne.

Mais ces moments étaient rares.

Quelquefois il me lisait avant de dormir des histoires meilleures que celles de maman ; celles-ci parlaient du bonhomme en pain d'épice et des *Trois Petits Cochons*, c'était okay, mais celles de Dennis étaient des trucs comme *Barbe-Bleue* ou *Jack l'Éventreur*. Il connaissait aussi une version du *Bouc Grognon* où c'est l'ogre du pont qui finissait par gagner. De plus, je l'ai déjà dit, il m'a appris le cribbage et à battre les cartes. Pas grand-chose, mais ho ! dans ce monde on prend ce qu'on peut, pas vrai ?

À mesure que je grandissais, mon amour pour Dennis se changeait en une sorte de respect presque absolu, le genre de sentiment que les chrétiens ont envers Dieu, j'imagine. Et quand il est mort j'ai été un peu secoué, un peu triste, comme ces mêmes chrétiens ont dû se sentir quand le *Time* leur a annoncé la mort de Dieu. Je pourrais le dire comme ça : j'ai été aussi triste de la mort de Dennis que lorsque j'ai appris celle de Dan Blocker à la radio. Je les avais peut-être vus autant l'un que l'autre, et on n'a jamais rediffusé Dennis.

Il a été enterré dans un cercueil scellé avec un drapeau américain dessus (ils ont enlevé le drapeau avant de mettre la boîte en terre, ils l'ont replié – le drapeau, pas le cercueil – et ils l'ont mis dans un chapeau claque qu'ils ont donné à ma mère). Mes parents se sont écroulés. Quatre mois n'avaient pas suffi pour les remettre d'aplomb ; je ne savais pas s'ils s'en remettraient *jamais*. M. et Mme Dumpty. La chambre de Dennis était en animation suspendue, la porte à côté de la mienne, ou peut-être dans une stase temporelle. Les fanions de l'Ivy League étaient encore au mur, les photos des filles qu'il avait draguées encore coincées dans le miroir où il passait ce qui m'avait paru des heures à se peigner en se faisant une banane comme Elvis. La pile de *Trues* et de *Sports Illustrated* était restée sur son bureau. C'est le genre de choses qu'on voit dans des films à l'eau de rose. Mais pour moi cela n'avait rien de sentimental, c'était horrible. Je n'allais dans sa chambre que si j'y étais obligé : je m'attendais toujours à ce qu'il soit derrière la porte, sous le lit, dans le placard. C'était surtout le placard qui me hantait, et quand ma mère m'envoyait chercher les cartes postales de Dennis ou sa boîte à chaussures pleine de photos, j'imaginais que la porte s'ouvrait lentement pendant que je restais sur place, figé par la terreur. Je le voyais dans l'ombre, pâle et sanglant, le crâne enfoncé, un caillot rouge veiné de gris fait de sang et de cervelle collé à sa chemise. Je voyais ses bras se lever, ses mains ensanglantées se recourber comme des serres, et j'entendais sa voix rauque, rouillée : *Ça aurait dû être toi, Gordon. Ça aurait dû être toi.*

7

Stud City, par Gordon Lachance. Publié dans *Greenspun Quarterly*, n° 45, automne 1970. Citation autorisée.

Mars.

Chico est debout à la fenêtre, les bras croisés, les coudes sur la barre qui sépare les deux panneaux. Il est nu, regarde dehors, la buée de son haleine couvre la vitre. Un courant d'air contre son ventre ; en bas à droite il manque un carreau. Bouché par un morceau de carton.

« Chico. »

Il ne se retourne pas. Elle ne dit plus rien. Il voit son fantôme dans la vitre. Elle est assise, les couvertures relevées défiant la pesanteur. Son rimmel a coulé et lui fait de grands cernes sous les yeux.

Chico oublie le fantôme, regarde plus loin, dehors. Il pleut. Par endroits la neige a fondu, laissant voir des plaques chauves. Il voit l'herbe morte de l'an dernier, un jouet en plastique à Billy, un râteau mangé par la rouille. La Dodge de son frère Johnny est sur cales, les jantes nues tendues comme des moignons. Il repense aux jours où Johnny et lui travaillaient dessus, écoutant les supertubes et les vieux classiques de la WLAM de Lewiston sortir du vieux transistor de son frère – deux fois Johnny l'avait laissé boire une bière. *Elle va tracer, Chico*, disait Johnny. *Elle avalera tout ce qu'il y a sur la route entre Gate Falls et Castle Rock. Attends qu'on y mette un levier Hearst !*

Mais cela, c'était le passé.

Au-delà de la Dodge il y avait la route. La 14 va vers Portland et le sud du New Hampshire, jusqu'au Canada si on tourne à gauche sur la 1 à Thomaston.

« La ville du cul. » Il s'adresse à la fenêtre. Tire sur sa cigarette.

« Quoi ?

– Rien, baby.

– Chico ? » Elle ne comprend pas. Il faudra qu'il change les draps avant le retour de papa. Elle a saigné.

« Quoi ?

– Je t'aime, Chico.

– Ça va bien. »

Saleté de mois de mars. *Tu n'es qu'une vieille pute,*

pense Chico. *Mars, tu es sale, soûle, les seins flasques et la pluie dans la gueule.*

« C'était la chambre de Johnny, dit-il soudain.

– Qui ?

– Mon frère.

– Oh ! Où est-il ?

– À l'armée », dit-il, mais Johnny n'est pas à l'armée. L'an passé il travaillait sur l'autoroute d'Oxford Plains, une voiture avait échappé à tout contrôle et dérapé sur l'aire de stationnement vers l'excavation où Johnny changeait le pneu arrière d'une benne Chevrolet. On lui a crié de se garer, mais Johnny n'a rien entendu. Chico était un de ceux qui avaient crié.

« Tu n'as pas froid ? demande-t-elle.

– Non. Oh bon, aux pieds. Un peu. »

Soudain il lui vient une pensée : *Oh ! mon Dieu. Il n'est rien arrivé à Johnny qui ne doive t'arriver, tôt ou tard, à toi aussi.* Mais il revoit la scène : la Mustang qui dérape, qui glisse, les vertèbres qui font de petits croissants d'ombre sur le tee-shirt blanc de son frère, accroupi pour sortir la roue de la Chevrolet. Il avait eu le temps de voir les pneus lacérés de la Mustang, le pot d'échappement qui faisait jaillir des étincelles du gravier. Johnny avait été touché en essayant de se relever. Et puis le cri jaune des flammes.

Bon, se dit Chico, *ça aurait pu être une mort lente*. Il repense à son grand-père, aux odeurs d'hôpital, aux jolies infirmières portant des bassines. Un dernier souffle imperceptible. Y a-t-il une bonne façon ?

Il frissonne et se pose des questions sur Dieu. Il touche la petite médaille en argent accrochée par une chaîne à son cou, un Saint-Christophe. Il n'est pas catholique, et sûrement pas mexicain : en réalité il s'appelle Edward May, mais tous ses amis l'appellent Chico parce qu'il a les cheveux noirs aplatis à la brillantine et qu'il porte des bottes pointues avec le talon déporté. Pas catholique, mais il porte cette médaille. La Mustang l'aurait épargné. On ne sait jamais.

Il fume en regardant par la fenêtre. Derrière lui la fille sort du lit et s'approche très vite, à petits pas, craignant peut-être qu'il se retourne et la regarde. Elle pose une main tiède sur son dos. Ses seins se pressent contre son flanc. Son ventre s'appuie sur les fesses du garçon.

« Oh. Il fait froid.

– Ici c'est comme ça.

– Tu m'aimes, Chico ?

– Pour sûr ! » répond-il sans y penser. Puis, plus sérieusement : « Tu étais pucelle.

– Qu'est-ce que c'est que ça ?...

– Tu étais vierge. »

La main monte plus haut. Un doigt court sur sa nuque. « Je l'avais dit, n'est-ce pas ?

– C'était dur ? Ça t'a fait mal ? »

Elle rit. « Non. Mais j'avais peur. »

Ils regardent la pluie. Une Oldsmobile neuve passe sur la 14, faisant jaillir l'eau.

« La ville du cul, dit Chico.

– Quoi ?

– Ce type. Il va à la ville du cul. Dans sa bagnole de cul. »

Elle embrasse doucement l'endroit qu'elle vient de caresser et il la chasse comme si c'était une mouche.

« Qu'est-ce qui se passe ? »

Il se tourne vers elle, qui baisse les yeux vers son pénis et les relève aussitôt. Elle lève les bras, comme pour se cacher, puis se souvient qu'on ne fait jamais ça au cinéma et les laisse retomber. Elle a les cheveux noirs et la peau blanche comme l'hiver, crémeuse. Des seins fermes, un ventre peut-être un peu mou. Un défaut pour se souvenir qu'on est pas dans un film, se dit Chico.

« Jane ?

– Quoi ? » Il sent son corps se préparer. Déjà prêt, même.

« Tout va bien, dit-il. Nous sommes amis. » Délibérément, il la regarde, cherchant à l'atteindre de toutes sortes de manières. Quand il remonte à son visage, elle a rougi. « Cela te gêne que je te regarde ?

– Je... non. Non, Chico. »

Elle recule, ferme les yeux, s'assied sur le lit et se laisse aller en arrière, jambes ouvertes. Il la voit tout entière. Les muscles, les petits muscles à l'intérieur des cuisses... tressaillent involontairement, et soudain cela l'excite, plus encore que les seins fermes, coniques, ou la perle rose de son vagin. Il sent la passion frémir en lui, stupide pantin accroché à un fil. L'amour est peut-être divin, comme disent les poètes, pense-t-il, mais le sexe est un pantin qui s'agite sur son fil. Comment une femme peut-elle regarder un pénis en érection sans piquer une crise de fou rire ?

La pluie cogne contre le toit, la fenêtre, le carton détrempé qui remplace une vitre cassée. Il garde un instant sa main contre son torse, l'air d'un Romain prêt à déclamer. La main est froide. Il la laisse retomber.

« Ouvre les yeux. Nous sommes amis, je te le dis. »

Obéissante, elle le regarde. Ses yeux paraissent violets. L'eau qui court sur les vitres fait jouer des ombres diaprées sur son visage, son cou, ses seins. Elle est en travers du lit, le ventre serré. Un moment de perfection.

« Oh, dit-elle. Oh ! Chico, je me sens si *drôle.* » Son corps est parcouru d'un frisson. Ses orteils se crispent malgré elle. Il voit la paume de ses pieds. Une peau rose. « Chico. Chico. »

Il s'avance, tremblant, les yeux grands ouverts. Elle parle, elle prononce un mot, il ne sait pas quoi. Pas le moment de poser des questions. Il s'agenouille à demi devant elle, une seconde, concentré, regardant le sol et lui effleurant les jambes juste au-dessus des genoux. Il mesure la marée qui monte en lui, sa puissance aveugle, fantastique. Il prolonge cette pause.

On n'entend que le tic-tac aigu du réveil sur la table de nuit, planté sur une pile de BD, des Spiderman. Le souffle de la fille, haletant, se fait plus rapide. Il sent ses muscles jouer quand il se lève et plonge. Ils commencent. Cette fois c'est mieux. Dehors la pluie dissout ce qui reste de neige.

Une demi-heure plus tard Chico la secoue. Elle sommeille. « Il faut qu'on y aille, dit-il. Papa et Virginia vont bientôt rentrer. »

Elle regarde sa montre et s'assied. Cette fois sans chercher à se cacher. Elle a complètement changé de posture – de langage corporel. Elle n'a pas mûri (bien qu'elle pense probablement que si), elle n'a rien appris de plus compliqué que de nouer ses lacets, mais elle a tout de même changé d'allure. Il lui fait un signe de tête et elle lui fait un sourire hésitant. Il attrape les cigarettes sur la table de nuit. Pendant qu'elle met sa culotte il pense aux paroles d'une vieille chanson : *Joue jusqu'à ce que j'aie traversé, Blue… joue aussi le refrain, joue. Tie Me Kangaroo Down*, par Rolf Harris. Il sourit. Johnny la chantait souvent. *Alors on a tanné sa peau quand il est mort, Clyde, elle est accrochée au hangar. C'était la fin.*

Elle agrafe son soutien-gorge et commence à boutonner sa chemise. « Qu'est-ce qui te fait sourire, Chico ?

– Rien, dit-il.

– Tu remontes ma fermeture ? »

Il s'approche, toujours nu, remonte la fermeture. « Va te maquiller dans la salle de bains si tu veux, dit-il. Mais ne prends pas trop longtemps, okay ? »

Elle sort dans le couloir, gracieuse, et il la suit des yeux en fumant. C'est une grande fille – plus grande que lui – et il faut qu'elle baisse un peu la tête pour entrer dans la salle de bains. Chico trouve son slip sous le lit. Il le met dans le sac à linge sale accroché à l'intérieur de la penderie et en prend un autre dans la commode. Une fois qu'il l'a mis il revient vers le lit, glisse et manque de tomber dans une flaque d'eau sous la vitre cassée.

« Bon Dieu », murmure-t-il, hargneux.

Il regarde la chambre, celle de Johnny jusqu'à sa mort *(pourquoi lui ai-je dit qu'il était dans l'armée, Seigneur ?* se demande-t-il… pas très à l'aise). Des cloisons en aggloméré, si minces qu'il entend la nuit papa et Virginia en pleine action, et qui ne vont pas tout à fait jusqu'au plafond. Le parquet gauchi penche bizarrement de sorte qu'il faut coincer la porte pour qu'elle reste ouverte – quand on oublie elle se referme sournoisement dès qu'on a le dos tourné. Sur le mur d'en face une affiche *d'Easy Rider – Deux hommes sont partis à la recherche de l'Amérique et ne l'ont trouvée nulle part.* La pièce était plus vivante quand Johnny vivait là. Chico ignore comment ou pourquoi ; il sait seulement que c'est vrai. Il sait aussi autre chose : que parfois, la nuit, cette chambre lui parle. Parfois il se dit que la penderie va s'ouvrir et que Johnny sera là, le corps tordu, noirci, carbonisé, les dents jaunes dépassant d'une cire qui a fondu et s'est durcie, lui disant dans un murmure : *Sors de ma chambre, Chico. Et si tu touches seulement à ma Dodge, putain je te tue. Pigé ?*

Pigé, frangin, se dit Chico.

Il reste immobile un moment, regardant les draps froissés et tachés du sang de la fille, puis il rabat les couvertures d'un seul geste. Voilà. Ici même. Ça te plaît, Virginia ? Il enfile son pantalon, ses bottes de moto, trouve un chandail.

Il se peigne devant le miroir quand elle sort des chiottes. Elle a de la classe. Son ventre trop mou disparaît sous le chemisier. Elle regarde le lit, fait deux ou trois gestes. Le lit semble fait, non plus recouvert à la hâte.

« Bien », dit-il.

Elle rit, un peu gênée, replace une mèche de cheveux derrière son oreille. Un geste évocateur, poignant.

« Allons-y », dit-il.

Ils passent le couloir, arrivent dans le salon. Jane s'arrête devant une photo coloriée posée sur la TV. Son père et Virginia, Johnny à l'âge du lycée, Chico à celui du collège et Billy tout petit – sur la photo il est dans les bras de Johnny. Tous ont des sourires figés, pétrifiés... tous sauf Virginia, le visage endormi, perpétuellement indéchiffrable. Cette photo, Chico s'en souvient, a été prise moins d'un mois après le mariage de son père avec cette pute.

« C'est ton père et ta mère ?

– C'est mon père. Elle, c'est ma belle-mère, Virginia. Viens.

– Elle est toujours aussi jolie ? » demande Jane qui ramasse son manteau et tend à Chico son blouson.

« Je suppose que mon vieux trouve que oui. »

Ils sortent dans le garage. Un endroit humide, plein de courants d'air, le vent hurle dans les fentes des murs mal faits. Il y a un tas de vieux pneus lisses. La vieille bécane de Johnny dont Chico avait hérité à dix ans et qu'il avait rapidement bousillée, un tas de magazines policiers, des bouteilles de Pepsi consignées, un bloc-moteur monolithique et plein d'huile, une caisse orange pleine de livres de poche, un vieux dessin de cheval, colorié d'après les numéros, sur une herbe verte et poussiéreuse.

Chico l'aide à sortir. La pluie tombe avec une constance démoralisante. La vieille voiture de Chico attend au milieu d'une mare, l'air triste. Même sur cales et avec un bout de plastique à la place du pare-brise, la Dodge de Johnny a meilleure allure. Celle de Chico est une Buick. La peinture est ternie, constellée de points de rouille. Le siège avant est recouvert par une vieille couverture kaki. Un grand badge épinglé au pare-soleil du passager dit : J'AI ENVIE TOUS LES JOURS. Un démarreur rouillé est posé sur la banquette arrière ; s'il arrête un jour de pleuvoir je le nettoierai, pense-t-il, et je le monterai peut-être dans la Dodge. Ou non.

La Buick sent le moisi et son démarreur peine longtemps avant de faire tourner le moteur.

« C'est la batterie ? demande-t-elle.

– Seulement cette foutue pluie, je crois. » Il recule sur la route, met les essuie-glaces et s'arrête un instant pour regarder la maison. Elle est d'une couleur aqueuse tout à fait déprimante. Le garage dépasse en biais, de guingois, fait de planches écaillées et de papier goudronné.

La radio s'allume, trop fort, il l'éteint aussitôt. Il sent

derrière son front le début d'une migraine dominicale. Ils dépassent la salle des fêtes, les pompiers bénévoles et le magasin de chez Brownie. La T-Bird de Sally Morrison est garée devant la pompe, Chico la salue d'une main en tournant sur l'ancienne route de Lewiston.

« Qui est-ce ?

– Sally Morrison.

– Une belle dame », dit-elle d'une voix neutre.

Il cherche ses cigarettes. « Elle s'est mariée deux fois et elle a divorcé deux fois. Maintenant ce serait la pute municipale si on croyait la moitié de ce qu'on raconte dans cette petite ville de merde.

– Elle a l'air jeune.

– Elle l'est.

– Tu as déjà... »

Il lui caresse la cuisse en souriant. « Non. Mon frère, peut-être, mais pas moi. Mais j'aime bien Sally. Elle a sa pension et sa grande bagnole blanche et elle se moque de ce que les gens racontent. »

Le trajet commence à paraître long. L'Androscoggin, sur leur droite, est gris et maussade. La glace a complètement fondu. Jane est calme, pensive. Pas d'autre bruit que le claquement régulier des essuie-glaces. En bas des côtes la Buick traverse des poches où le brouillard attend le soir pour envahir la route tout le long du fleuve.

À Auburn, Chico prend le raccourci et débouche sur l'avenue Minot. Les quatre voies sont presque vides et les pavillons de banlieue ont l'air d'être emballés. Ils voient un petit garçon avec un imper en plastique jaune qui longe le trottoir en marchant soigneusement dans toutes les flaques.

« Vas-y, mec, dit doucement Chico.

– Quoi ?

– Rien, baby. Rendors-toi. »

Elle rit, un peu indécise.

Chico prend Keston Street et entre dans l'allée d'une des maisons. Il laisse le moteur en route.

« Entre, je te donnerai des gâteaux », dit-elle.

Il secoue la tête. « Il faut que je rentre.

– Je sais. » Elle l'entoure de ses bras et l'embrasse. « Merci pour le moment le plus merveilleux de mon existence. »

Soudain il sourit. Son visage s'illumine. C'est presque magique. « On se voit lundi, Jani-Janette. On est amis, vrai ?

– Tu le sais bien. » Elle l'embrasse encore, mais s'écarte quand il lui caresse un sein à travers son haut. « Non. Mon père pourrait nous voir. »

Il la laisse aller, son sourire presque entièrement effacé. Elle descend et court sous la pluie jusqu'à la porte de derrière. En une seconde elle a disparu. Chico prend le temps d'allumer une cigarette avant de faire marche arrière. La voiture cale, le démarreur grince un temps fou avant de relancer le moteur. La route est longue.

À son retour le break de papa est garé dans l'allée. Il se range sur le côté et coupe le contact. Il reste un moment dans la voiture, à écouter la pluie, comme à l'intérieur d'un tambour en métal.

Dans la maison, Billy regarde Carl Stormer et ses Buckaroos à la TV. Quand il voit Chico il lui saute dessus, tout excité. « Eddie, hé, Eddie, tu sais ce qu'a dit oncle Peter ? Il a dit que lui et toute une bande ont coulé un sous-marin boche pendant la guerre ! Tu m'emmènes au spectacle samedi prochain ?

– Je ne sais pas, répond Chico en faisant une grimace. Peut-être, si tu me lèches les bottes tous les soirs de la semaine avant le dîner. » Il lui tire les cheveux. Billy hurle de rire et lui donne des coups de pied dans les jambes.

« Ça suffit, maintenant, dit Sam May en entrant. Ça suffit, vous deux. Vous savez ce que votre mère pense de ces chahuts. »

Il a défait sa cravate et ouvert le haut de sa chemise. Il apporte trois paires de hot dogs sur une assiette. Des saucisses rouges dans du pain blanc, la moutarde à côté. « Où étais-tu, Eddie ?

– Chez Jane. »

On tire la chasse dans la salle de bains. Virginia. Chico se demande un instant si Jane a laissé des cheveux dans le lavabo, son rouge à lèvres ou une épingle à cheveux.

« Tu aurais dû venir avec nous voir oncle Peter et tante Ann », dit son père, qui avale une saucisse en trois bouchées. « Tu deviens un étranger parmi nous, Eddie. Je n'aime pas ça. Pas tant qu'on te loge et qu'on te nourrit.

– Drôle de logement, dit Chico. Drôle de nourriture. »

Sam se redresse, blessé, aussitôt hostile. Chico voit ses dents jaunies par la moutarde. Cela le dégoûte un peu. « Toujours ta maudite insolence. Tu n'es pas si grand que ça, morveux. »

Chico hausse les épaules, prend une tranche de pain sur le plateau à côté de son père, et la tartine de ketchup. « Dans trois mois, de toute façon, je suis parti.

– De quoi diable parles-tu ?

– Je vais réparer la voiture de Johnny et aller en Californie. Chercher du travail.

– Oh ! ouais. Bien sûr. » Son père est un costaud, du genre qui traîne les pieds, mais Chico se dit qu'il a rapetissé après avoir épousé Virginia, plus encore après la mort de Johnny. Il s'entend dire à Jane : *Mon frère, peut-être, mais pas moi.* Et tout de suite après : *Joue aussi le refrain, joue, Blue.* « Jamais tu ne feras aller cette voiture jusqu'à Castle Rock, sans parler de la Californie.

– Tu n'y crois pas ? Tu n'auras qu'à voir la putain de poussière derrière moi. »

Son père le regarde, figé, puis lui lance la saucisse qu'il tenait à la main. Une francfort bon marché barbouillée de moutarde. Un peu de soleil sur du rouge. Chico la relance à son père. Sam se lève, le visage rouge brique, les veines de son front gonflées à en éclater. Sa jambe heurte le plateau qui se renverse. Billy, à la porte de la cuisine, les regarde. Il s'est préparé une assiette de saucisse aux haricots ; l'assiette penche et la sauce coule par terre. Billy a les yeux écarquillés, ses lèvres tremblent. À la TV Carl Stormer et ses Buckaroos dévorent leur épisode à bride abattue.

« On les élève du mieux qu'on peut et ils vous crachent dessus, dit son père d'une voix pâteuse. Aïe, c'est comme ça. » Tâtonnant à l'aveuglette sur sa chaise il ramasse le reste de saucisse et le brandit comme un phallus coupé en deux. Spectacle stupéfiant, il se met à la manger... en même temps Chico le voit pleurer. « Aïe, ils vous crachent dessus, et puis c'est comme ça.

– Mais bon Dieu, pourquoi a-t-il fallu que tu l'épouses, *elle* ? » s'écrie Chico, qui ravale ce qu'il allait dire ensuite : *Si tu ne l'avais pas fait, Johnny serait encore en vie.*

« Ça ne te regarde pas, bon Dieu ! hurle son père à travers ses larmes. C'est mes affaires !

– Ah bon ? réplique Chico. Tu crois ça ? Et moi je n'ai qu'à vivre avec elle ! Moi et Billy, on est forcés de vivre avec elle ! De la voir t'écraser ! Et tu ne vois même pas...

– Quoi ? » s'écrie son père, soudain plus grave, menaçant. Dans son poing fermé le reste de saucisse ressemble à un os plein de sang. « Qu'est-ce que je ne vois pas ?

– Tu ne vois pas plus loin que ton cul », dit Chico, terrifié à l'idée de ce qu'il allait laisser échapper.

« Maintenant tu arrêtes, Chico. Ou je t'en colle une. » Il faut que son père soit vraiment furieux pour l'appeler par son surnom.

Chico se retourne et voit Virginia à l'autre bout de la pièce qui défroisse minutieusement sa jupe, le regardant de ses grands yeux marron, si calmes. Ses yeux sont très beaux ; le reste de sa personne l'est moins, mais ses yeux la maintiendront encore des années, pense Chico, sentant revenir sa haine maladive – *Alors on a tanné sa peau quand il est mort, Clyde, et elle est accrochée au hangar.*

« Elle te traîne derrière ses jupes et tu n'as plus rien dans le ventre ! »

Finalement tous ces cris vont trop loin pour Billy qui pousse un long gémissement de terreur et laisse tomber son assiette pour se cacher la figure de ses mains.

Saucisse, haricots et sauce éclaboussent ses chaussures du dimanche et se répandent sur le tapis.

Sam fait un pas en avant, un seul, et s'arrête quand Chico a un geste bref, comme pour dire : *Ouais, vas-y, qu'on en finisse, putain, pourquoi tu attends ?* Ils sont figés comme des statues quand Virginia s'adresse à lui, la voix grave et aussi calme que ses yeux :

« Es-tu allé dans ta chambre avec une fille, Ed ? Tu sais ce que ton père et moi nous en pensons. » Et, négligemment : « Elle a laissé un mouchoir. »

Il la regarde d'un air féroce, incapable d'exprimer ce qu'il ressent, la traîtrise de cette femme, la façon dont elle vous frappe chaque fois dans le dos, dont elle s'arrange pour vous enlever tous vos moyens.

Tu pourrais me faire mal si tu voulais, disent les yeux marron, paisibles. *Je sais que tu sais ce qui se passait avant qu'il meure. Mais c'est la seule manière dont tu peux me toucher, n'est-ce pas Chico ? Et seulement si ton père te croit. Et s'il te croit, il en mourra.*

Son père plonge comme un ours sur ce nouvel appât. « Tu es venu baiser chez moi, petit salopard ?

– Surveille ton langage, Sam, je t'en prie, dit Virginia, toujours calme.

– C'est pour ça que tu n'as pas voulu venir avec nous ? Pour pouvoir bai... pour pouvoir...

– *Dis-le !* pleure Chico. Ne la laisse pas te faire ça ! Dis-le ! Dis ce que tu veux dire !

– Sors d'ici, dit le père d'un ton morne. Ne reviens pas avant de demander pardon à ta mère et moi.

– Je te l'interdis ! Je t'interdis de dire que cette garce est ma mère ! Je vais te tuer !

– Arrête, Eddie ! hurle Billy d'une voix étouffée par les mains qui lui cachent toujours le visage. Arrête de crier sur papa ! Arrête, je t'en prie ! »

Virginia est toujours à la porte, son regard calme fixé sur Chico.

Sam recule en trébuchant et se cogne au rebord de son fauteuil. Il y tombe lourdement et abrite son visage derrière un bras velu. « Je ne peux même pas te regarder quand tu parles comme ça, Eddie. Cela me rend malade.

– C'est *elle* qui te rend malade ! Avoue-le ! »

Il ne répond pas. Toujours sans le regarder, il prend à tâtons un autre hot dog dans l'assiette posée sur la TV. Cherche la moutarde, Billy continue à pleurer. Carl Stormer et ses Buckaroos entonnent une chanson de camionneur. « J'ai un vieux bahut, mais qui ne traîne pas au cul », affirme Carl à tous les spectateurs du Maine.

« Ce garçon ne sait plus ce qu'il dit, Sam, dit doucement Virginia. C'est dur, à son âge. C'est dur de grandir. »

Elle l'a eu, c'est sûr. Tout est fini.

Il se détourne, va vers la porte qui mène au garage et dehors. En l'ouvrant il se retourne vers Virginia. Elle le regarde calmement quand il prononce son nom.

« Qu'est-ce qu'il y a, Ed ?

– Il y a du sang sur les draps. » Un silence. « Je l'ai dépucelée. »

Il croit avoir vu quelque chose frémir au fond de ses yeux, mais il a dû l'imaginer. « Sors, Ed, je t'en prie. Tu fais peur à Billy. »

Il s'en va. La Buick refuse de démarrer et il s'est presque résigné à marcher sous la pluie quand le moteur finit par tousser. Il allume une cigarette, recule sur la 14 en enfonçant le levier d'un grand coup et en relançant le moteur qui s'étouffe et menace de caler. Le témoin de dynamo clignote méchamment, deux fois, et enfin le ralenti veut bien tenir, en boitant. Il remonte lentement la route vers Gates Falls, jette un dernier regard à la Dodge de Johnny.

Johnny aurait pu avoir un emploi fixe à la filature, mais seulement dans l'équipe de nuit. Travailler la nuit ne le dérangeait pas, avait-il dit à Chico, et c'était mieux payé qu'à Plains, mais leur père travaillait de jour, et Johnny se serait retrouvé à la maison seul avec elle, seul ou avec Chico dans la chambre voisine... et les cloisons étaient minces. *Je ne peux pas m'arrêter et elle ne me laisse pas faire,* disait Johnny. *Ouais, je sais ce que ça ferait à papa. Mais elle... elle veut pas arrêter, c'est tout, et c'est comme si je ne pouvais pas... elle est toujours après moi, tu sais ce que je veux dire, tu l'as vue, Billy est trop petit pour comprendre, mais tu l'as vue...*

Oui. Il l'avait vue. Et Johnny était allé travailler à Plains, disant au père qu'il y trouverait des pièces bon marché pour sa Dodge. Voilà pourquoi il était en train de changer une roue quand la Mustang avait dérapé et glissé sur le terrain avec le pot faisant jaillir des étincelles ; voilà comment sa belle-mère avait tué son frère, alors continue à jouer jusqu'à ce que je tire, Blue, parce qu'on va à la ville du cul tout droit dans cette bagnole de merde, et il se souvient de l'odeur de caoutchouc, des vertèbres sur le tee-shirt tendu qui faisaient des petits croissants d'ombre sur le tissu blanc, il se souvient d'avoir vu Johnny se lever à moitié quand la Mustang l'avait heurté, écrasé contre le Chevy, du bruit sourd quand le Chevy était tombé du cric et puis de l'éclat jaune des flammes, de la violente odeur d'essence...

Chico écrase le frein des deux pieds. La voiture s'arrête en tressautant sur l'accotement détrempé. Il se jette en travers de la banquette, ouvre d'un coup la porte côté passager et lance un jet de vomi jaunâtre sur la neige boueuse. Cette vision le fait vomir une seconde fois, et cette idée le fait encore vomir à sec. Le moteur va caler, mais il le rattrape à temps. La lampe témoin s'éteint à regret quand il accélère. Il se rassied, laisse à ses tremblements le temps de se calmer. Une voiture passe, très vite, une Ford blanche et neuve qui soulève des gerbes d'eau et de neige fondue.

« La ville du cul, dit Chico. Dans sa voiture de cul. Funky. »

Il a le goût du vomi sur les lèvres, au fond de la gorge et dans les sinus. Il n'a plus envie de fumer. Danny Carter l'hébergera. Demain il sera temps de prendre des décisions. Il revient sur la 14 et continue sa route.

8

Sacré mélodrame, hein ?

Le monde a dû connaître une ou deux meilleures histoires, je sais – cent ou deux cent mille, plutôt. Il y aurait dû y avoir un tampon sur chaque page : CECI PROVIENT D'UN ATELIER DE CRÉATION LITTÉRAIRE POUR ÉTUDIANTS... car c'était vrai, du moins jusqu'à un certain point. Aujourd'hui elle me fait l'effet d'une imitation terriblement scolaire ; le style pris à Hemingway (sauf que tout est au présent, je ne sais pour quel foutu snobisme), le thème à Faulkner. Est-il possible d'être aussi *sérieux ? Littéraire ?*

Mais ses prétentions ne peuvent cacher le fait que c'est une histoire profondément sexuelle écrite par un jeune homme profondément inexpérimenté (à l'époque j'avais couché avec deux filles, éjaculé prématurément sur l'une des deux – pas du tout comme ce Chico, dois-je avouer). Son attitude envers les femmes n'est pas seulement hostile, elle touche à la saloperie – deux des femmes de l'histoire sont des traînées et la troisième un simple réceptacle qui sait dire « Je t'aime, Chico » et « Entre, je te donnerai des gâteaux ». Lui, par contre, est un macho, le héros prolétaire sorti botté et casqué d'un disque de Bruce Springsteen – mais Springsteen était encore inconnu quand la revue de la fac a publié mon histoire (entre un poème intitulé *Images de Moi* et un essai sur les pariétaux estudiantins composé entièrement en minuscules). C'était l'œuvre d'un jeune homme aussi dépourvu d'assurance que d'expérience.

C'est pourtant la première que j'ai sentie vraiment *mienne, complète*, depuis cinq ans que j'essayais. La première qui peut encore tenir debout, même en enlevant ses béquilles. Laide, mais vivante. Même aujourd'hui, quand je la relis en essayant de ne pas rire de sa dureté bidon et de sa prétention, je peux voir le vrai visage de Gordon Lachance derrière les mots imprimés, un auteur plus jeune que celui qui écrit de nos jours, certainement plus idéaliste que l'auteur de best-sellers qui verra plutôt critiquer ses contrats de rééditions que ses livres, mais plus mûr que celui qui est allé ce jour-là voir avec ses amis le cadavre d'un gosse s'appelant Ray Brower. Un Gordon Lachance à moitié débarrassé du vernis de l'enfance.

Non, ce n'est pas une très bonne histoire – au lieu

d'écouter attentivement sa voix intérieure, l'auteur s'attachait à n'importe quoi. Mais c'est la première fois que j'ai introduit les endroits que je connaissais et les sentiments que j'éprouvais réellement dans une œuvre d'imagination, et il m'est venu une sorte d'exaltation et de terreur à voir s'incarner sous une forme nouvelle des choses qui me troublaient depuis des années, *une forme dont j'avais le contrôle.* Il y avait une éternité que ne m'était pas revenue l'image enfantine de Dennis dans la penderie de sa chambre ; honnêtement, je croyais l'avoir oubliée. Pourtant elle est sortie dans cette histoire, à peine transformée... *Sous mon contrôle.*

J'ai résisté à l'envie de la transformer encore plus, de la récrire, de lui donner du nerf – une sacrée envie, pourtant, puisque cette histoire continue à me faire honte. Mais il y reste des choses que j'aime, des choses qui seraient amoindries par ce qu'apporterait un Lachance plus vieux, qui voit venir ses premiers cheveux gris. Comme ces ombres sur le tee-shirt de Johnny ou les reflets de la pluie sur la peau nue de Jane, des détails qui valent mieux que je n'aurais cru.

C'est aussi la première histoire que je n'ai pas montrée à mes parents. Dennis y était trop présent. Castle Rock également. Et surtout l'année 1960. On reconnaît toujours la vérité : quand on se coupe avec, ou qu'on blesse quelqu'un d'autre, le résultat est sanglant.

9

Ma chambre était au premier, il devait faire plus de trente degrés, et ça monterait à plus de quarante l'après-midi, même avec toutes les fenêtres ouvertes. J'étais vraiment content de ne pas y dormir, et de repenser à notre expédition a réveillé mon excitation. J'ai roulé deux couvertures, attaché le tout avec une vieille ceinture. Ramassé l'argent qui me restait, soixante-huit cents. J'étais prêt à partir.

Je suis descendu par-derrière pour ne pas croiser mon père devant la maison, mais j'avais eu tort de m'inquiéter, il était toujours en train d'arroser le jardin, le regard perdu dans les arcs-en-ciel inutiles dessinés par le jet d'eau.

J'ai pris Summer Street, coupé à travers un terrain vague pour rejoindre Carbine Street – où se trouvent aujourd'hui les bureaux de *L'Appel de Castle Rock*. Je remontais Carbine vers le club quand une voiture s'est arrêtée. Chris en est sorti, son vieux sac de boy-scout dans une main et deux couvertures attachées avec une corde dans l'autre.

« Merci, monsieur », a-t-il dit en courant me rejoindre. La voiture s'est éloignée. Il avait sa gourde de scout accrochée autour du cou et sous un bras, de sorte qu'elle ballottait sur sa hanche. Ses yeux étincelaient.

« Gordie ! Tu veux voir quêqu' chose ?

– Sûr, pourquoi pas. Quoi ?

– Viens d'abord là-bas. » Il m'a indiqué la ruelle séparant le restaurant Blue Point du drugstore.

« Qu'est-ce que c'est, Chris ?

– Viens, je te dis ! »

Il s'est enfoncé en courant dans l'étroit passage et après avoir hésité un instant (l'instant qu'il m'a fallu pour oublier tout bon sens) je l'ai suivi. Les deux bâtiments étaient construits un peu en biais, et donc la ruelle se rétrécissait à mesure. On a pataugé dans des amas de rebuts et de vieux journaux, enjambé des tas hérissés de bouteilles brisées. Chris a tourné derrière le Blue Point et posé ses couvertures. Huit ou neuf poubelles s'alignaient contre le mur et dégageaient une puanteur incroyable.

« Pfou ! Chris ! Laisse-moi respirer !

– Attends que je pète, a-t-il dit automatiquement.

– Non, franchement, je vais dégueu... »

Les mots se sont figés sur mes lèvres et j'ai instantanément oublié l'odeur des poubelles. Chris avait défait son sac, plongé la main dedans, retiré un énorme revolver avec une crosse en bois noir.

« Tu veux être le Lone Ranger ou Cisco Kid ? m'a-t-il demandé en souriant.

– Dingue ! Où t'as eu ça ?

– L'ai piqué dans le tiroir de papa. C'est un .45.

– Ouais, je vois ça », ai-je dit, bien que ça aurait pu être un .38 ou un .357 pour ce que j'en savais – malgré tous les John D. MacDonald et Ed McBain que j'avais lus, le seul revolver que j'avais vu de près était celui de Bannerman, le policier... tous les gosses lui demandaient de le sortir de son étui, mais il ne le faisait jamais. « Mec, ton père va te ratatiner quand il va s'en apercevoir. Tu as bien dit qu'il était méchant, ces jours-ci. »

Ses yeux brillaient toujours. « C'est pour ça, mec. Il va rien trouver du tout. Lui et les autres soûlots sont partis pour Harrison avec sept ou huit bouteilles de vin. Ils ne rentreront pas de la semaine. Putains d'ivrognes. » Il a fait la grimace. C'était le seul de la bande à ne jamais boire un verre, même pour montrer que c'était un homme. Il ne voulait pas devenir un sac à vin comme son vieux, disait-il. Et un jour, entre nous, il m'a dit – après que les jumeaux DeSpain eurent apporté un pack de bière piqué à leur père et que tout le monde s'était foutu de lui parce qu'il n'avait même pas voulu y goûter – qu'il avait *peur* de boire. D'après lui son père ne dessoûlait plus du matin au soir, son frère aîné était ivre mort quand il avait violé cette fille, et Bigeye n'arrêtait pas de siffler du vin avec Ace Merrill, Charlie Hogan et Billy Tessio. Quelles chances tu crois que j'aurais d'en sortir, m'avait-il demandé, si je commence à picoler ? Vous trouvez peut-être drôle qu'un môme de douze ans craigne d'être un alcoolique en herbe, mais pour lui ce n'était pas drôle. Pas du tout. Il avait passé beaucoup de temps à y penser. Il en avait eu l'occasion.

« Tu as des cartouches ?

– Neuf – tout ce qui restait dans la boîte. Il croira les avoir tirées lui-même quand il était soûl, en tirant sur des boîtes de conserve.

– Il est chargé ?

– *Non !* Bon Dieu, tu me prends pour quoi ? »

J'ai fini par prendre l'arme. J'ai aimé son poids dans ma main. Je me voyais en Steve Carella du 87e, poursuivant le Dépeceur ou bien couvrant Meyer Meyer et Kling qui pénètrent dans le taudis d'un junkie aux abois. J'ai visé une des poubelles et appuyé sur la détente.

KA-BLAM !

L'arme m'a sauté dans la main. Une flamme a jailli.

J'ai cru que j'avais le poignet cassé. Mon cœur s'est précipité dans ma gorge et s'y est caché en tremblant. Il est apparu un grand trou sur le métal rouillé de la poubelle – l'œuvre d'un sorcier maléfique.

Chris a été pris de fou rire – pris d'une vraie gaieté ou d'une terreur hystérique, je ne savais pas. « Tu l'as fait ! Tu l'as fait ! *Gordie l'a fait !* a-t-il trompetté. *Hé, Gordon Lachance est en train de démolir la ville !*

– La ferme ! Sortons de là ! » ai-je hurlé, et je l'ai attrapé par sa chemise.

La porte de derrière du Blue Point s'est ouverte et Francine Tupper est sortie en blouse blanche de serveuse. « Qui a fait ça ? Qui lance des pétards par ici ? »

On a couru comme des fous en coupant derrière le drugstore, la quincaillerie et l'Emporium Galorium, où on vend de la brocante et des bouquins d'occasion. On a escaladé une palissade en se mettant des échardes plein les mains, et on a fini par déboucher sur Curran Street. J'ai lancé le .45 à Chris tout en courant ; il était mort de rire mais il a réussi à l'attraper, à le fourrer dans son sac et à refermer la boucle. Après avoir retrouvé Carbine on s'est remis à marcher normalement pour ne pas éveiller les soupçons en courant par une chaleur pareille. Chris gloussait toujours.

« Mec, tu aurais dû te voir. Oh ! mec, c'était génial.

C'était vraiment fou. » Il secouait la tête et se claquait les cuisses en hurlant de rire.

« Tu savais qu'il était chargé, pas vrai ? Dégonflé ! C'est moi qui vais avoir des ennuis. Cette fille, la Tupper, m'a vu.

– Merde, elle a cru que c'était un pétard. En plus la vieille Tupper ne voit pas plus loin que le bout de son nez, tu le sais bien. Elle croit que des lunettes abîmeraient son *char-mant visage*. » Il s'est mis une main au bas du dos, a tortillé des hanches et s'est remis à rire.

« Je m'en fous. C'était un sale coup, Chris. Vraiment.

– Allons, Gordie. » Il m'a mis la main sur l'épaule. « Je ne savais pas qu'il était chargé, je le jure sur la tombe de ma mère, je l'ai juste pris dans le bureau de mon père. Il ne le laisse jamais chargé. Il devait être fin soûl la dernière fois qu'il l'a rangé.

– Sûr que ce n'est pas toi qui l'as chargé ?

– Oui monsieur.

– Tu le jures sur la tombe de ta mère même si elle va en enfer si tu mens ?

– Je le jure. » Il s'est signé et a craché par terre, sincère et contrit, l'air d'un enfant de chœur. Mais quand nous sommes arrivés au terrain vague où était notre arbre, avec Vern et Teddy qui nous attendaient assis sur leurs couvertures, il est reparti à rire. Il leur a raconté toute l'histoire, ils se sont tous pliés en quatre, et après Teddy lui a demandé pourquoi il croyait qu'ils auraient besoin d'un revolver.

« Pour rien, a dit Chris. Sauf qu'on pourrait voir un ours. Quelque chose comme ça. Et puis ça fout les foies de dormir la nuit dans la forêt. »

Tout le monde a été d'accord. Chris étant le plus grand et le plus costaud de la bande, il pouvait se permettre de le dire. Teddy, par contre, se serait fait tanner le cuir s'il avait seulement suggéré qu'on pouvait avoir peur du noir.

« Tu as monté ta tente dans le pré ? a demandé Teddy à Vern.

– Ouais. Et j'ai mis deux lampes torches dedans pour qu'on ait l'air d'y être pendant la nuit.

– Bon Dieu de merde ! » me suis-je écrié en lui donnant une grande claque dans le dos. Pour Vern, c'était un exploit intellectuel. Il a souri et rougi.

« Alors allons-y, a dit Teddy. Partons, il est déjà presque midi ! »

Chris s'est levé et nous l'avons entouré.

« On va traverser le champ des Beeman et passer derrière la boutique de meubles à côté du Texaco, a-t-il dit. Ensuite on montera sur les rails près de la décharge et on les suivra jusque dans la forêt d'Harlow.

– Combien de temps tu crois que ça va prendre ? » a demandé Teddy.

Chris a haussé les épaules. « Harlow, c'est grand. On va faire au moins trente kilomètres. Tu ne crois pas, Gordie ?

– Ouais, peut-être même cinquante.

– Même si c'est cinquante on devrait être rentrés demain après-midi si personne ne se dégonfle.

– Pas de dégonflés ici », a répliqué Teddy.

On s'est tous regardés une seconde.

« Allez, les mecs », a dit Chris en mettant sac au dos.

On est sortis ensemble du terrain vague, Chris un peu en tête.

10

Après avoir traversé le champ des Beeman et escaladé le talus de la voie, on a tous ôté notre chemise pour se la nouer autour de la taille. On transpirait comme des cochons. Arrivés en haut du talus nous avons contemplé les rails, l'endroit où nous allions.

Je n'oublierai jamais ce moment, même si je vis cent ans. Moi seul avais une montre – une pauvre Timex que j'avais eue en prime en vendant du baume Cloverine l'année d'avant. Les aiguilles marquaient midi pile et le soleil écrasait le paysage desséché, sans ombre, d'une chaleur brutale. On la sentait s'insinuer sous nos crânes pour nous frire le cerveau.

Derrière, on voyait Castle Rock qui couvrait la colline allongée connue sous le nom de Castle View, enclavant les prés communaux verts et ombragés. Plus loin les cheminées de la filature crachaient dans le ciel une fumée couleur bronze et répandaient leurs déchets dans le fleuve. La joyeuse Grange aux Meubles était à gauche. Et juste en face les rails qui lançaient des éclats de soleil et suivaient la rivière que nous avions sur notre gauche. À droite un tas de terrains broussailleux (où on fait maintenant du moto-cross – ils se rassemblent tous les dimanches à deux heures), et un château d'eau abandonné qui se dressait à l'horizon, rouillé et un peu inquiétant.

Nous sommes restés un long moment sous le soleil de midi, et puis Chris s'est impatienté : « Allons-y, en route. »

Nous avons marché à côté des rails, soulevant des nuages de poussière noirâtres à chaque pas. Chaussures et chaussettes ont bientôt été recouvertes. Vern s'est mis à chanter « Fais-moi rouler dans le foin », mais n'a pas insisté, heureusement pour nos oreilles. Teddy et Chris étaient les seuls à avoir pris une gourde, et on buvait beaucoup.

« On peut les remplir au robinet de la décharge, ai-je dit. Mon père m'a dit que l'eau est bonne. Ils ont creusé à soixante mètres pour l'avoir.

– Okay, a dit Chris, genre chef d'escouade endurci. Ce sera le moment de faire la pause, de toute façon.

– Et la bouffe, a soudain demandé Teddy. Je parie que personne n'a rien apporté. Moi pas en tout cas. »

Chris s'est arrêté net. « Merde ! Moi non plus. Gordie ? »

J'ai secoué la tête, me demandant comment j'avais pu être aussi bête.

« Vern ?

– Que dalle ! a dit Vern. Désolé.

– Bon, voyons ce qu'on a comme argent », ai-je dit. J'ai dénoué ma chemise, je l'ai étalée sur le sol, et j'ai jeté dessus mes soixante-huit cents. Les pièces brillaient fiévreusement au soleil. Chris avait un dollar déchiré et deux cents. Teddy deux quarters et dix cents. Vern avait exactement sept cents.

« Deux dollars trente-sept, ai-je dit. Pas mal. Il y a une boutique au bout de la petite route de la décharge. Faudra que quelqu'un aille y chercher des hamburgers et du soda pendant que les autres se reposeront.

– Qui ? a dit Vern.

– On tirera au sort en arrivant à la décharge. Allons-y. »

J'ai mis tout le fric dans une poche de mon pantalon et je rattachais ma chemise autour de ma taille quand Chris a hurlé : *« Un train ! »*

J'ai posé une main sur un rail pour le sentir, alors que je l'entendais déjà. Le rail vibrait d'une façon démente ; j'ai cru un instant tenir le train au creux de la main.

« Parachutistes, sautez ! » a beuglé Vern, et il a sauté à mi-pente du talus d'un bond insensé, clownesque. Vern adorait jouer au parachutiste là où le sol était mou – une carrière de gravier, une meule de foin, un talus comme celui-ci. Chris a sauté après lui. Le train s'entendait bien maintenant, venant probablement vers nous, en direction de Lewiston. Au lieu de sauter, Teddy s'est tourné vers le train, ses épaisses lunettes miroitant au soleil, ses cheveux longs lui tombant sur le front en mèches trempées par la sueur.

« Vas-y, Teddy.

– Non, hu-uh. Je vais l'éviter. » Il m'a regardé, ses yeux grossis embrasés par la passion. « Une corrida-train, tu piges ? Les camions, c'est rien à côté d'une putain de corrida-train !

– T'es dingue, mec. Tu veux te faire tuer ?

– Comme sur une plage de Normandie ! » a-t-il crié en se mettant au beau milieu des rails. Et il s'est perché en équilibre sur une traverse.

Je suis resté un instant abasourdi, incapable de croire à une stupidité aussi monumentale. Et puis je l'ai attrapé, je l'ai traîné sur le talus, protestant et se débattant, et je l'ai poussé en bas. J'ai sauté après lui et Teddy m'a donné un bon coup dans le ventre pendant que j'étais encore en l'air. L'air a jailli de mon corps, mais j'ai encore pu lui donner un coup de genou au sternum qui l'a étendu raide avant qu'il puisse remonter. J'ai atterri à plat ventre et Teddy m'a pris par le cou. Nous avons roulé tout en bas de la pente en nous griffant et nous cognant sous le regard ahuri de Chris et de Vern.

« Saligaud ! » Teddy hurlait : « Enculé ! Essaye pas de m'empêcher quoi que ce soit ! Je te tuerai, tas de merde ! »

Je reprenais mon souffle, et j'ai pu me relever, reculant à mesure qu'il avançait, écartant ses coups de mes mains ouvertes, riant à moitié, un peu effrayé. Il valait mieux ne pas se frotter à Teddy quand il avait sa crise. Il s'attaquait même aux grands, et si l'autre lui cassait les deux bras il se mettait à mordre.

« Teddy, tu feras toutes les corridas que tu veux après qu'on aura vu ce qu'on est venus voir mais – *bam* sur mon épaule –

« jusque-là personne ne doit nous voir, tu

– *bam* sur la joue – et là on aurait pu vraiment se battre si Chris et Vern

« connard de petit merdeux ! »

ne nous avaient pas séparés. Là-haut le train a grondé en passant dans le tonnerre du diesel et le fracas envahissant des wagons. Quelques étincelles ont rebondi sur le talus et la discussion a pris fin... du moins jusqu'à ce qu'on puisse à nouveau s'entendre.

Le train n'était pas très long, et quand le fourgon

de queue est passé Teddy a repris : « Je vais le tuer. Au moins lui faire sa fête. » Il s'est débattu, mais Chris l'a serré plus fort.

« Calme-toi, Teddy », a-t-il dit tranquillement, et il l'a répété jusqu'à ce que Teddy arrête de lutter et se tienne immobile, les lunettes de travers, le fil de son sonotone pendant mollement le long de son corps jusqu'à la pile qu'il avait mise dans la poche de son jean.

Quand il n'a plus bougé Chris s'est tourné vers moi : « Pourquoi tu te bats avec lui, Gordon ?

– Il voulait faire une corrida avec le train. Je me suis dit que le conducteur le verrait et nous signalerait. Ils pourraient envoyer un flic.

« Gordie a juste essayé de faire ce qu'il fallait, a dit Vern. Allons, la paix.

– La paix, les gars, a dit Chris.

– Ouais, okay », ai-je dit en tendant la main, la paume vers le haut. « La paix, Teddy ?

– J'aurais pu l'éviter, m'a-t-il dit. Tu le sais, Gordie ?

– Ouais, ai-je répondu, même si cette simple idée me glaçait les sangs. Je le sais.

– Okay ! Alors la paix.

– Topez là, les mecs », a ordonné Chris en lâchant Teddy.

Teddy m'a claqué la main assez fort pour que ça brûle, l'a retournée, je l'ai claquée à mon tour.

« Foutu dégonflé de Lachance, a dit encore Teddy.

– Allez, les mecs, a dit Vern. On y va, okay ?

– Allez où vous voulez, mais pas ici », a dit Chris d'un ton solennel, et Vern s'est reculé comme pour le cogner.

11

On est arrivés à la décharge vers une heure et demie, et Vern nous a fait descendre le talus en criant « Parachutistes, sautez ! » On a fait des grands bonds jusqu'en bas et on a sauté le filet d'eau croupie sortant d'une conduite enfouie. Après ce minuscule marais commençait la décharge, un terrain sablonneux couvert d'ordures.

Un grillage haut de deux mètres l'entourait, avec tous les six mètres des écriteaux délavés par les intempéries.

DÉCHARGE DE CASTLE ROCK
OUVERT DE 4 À 8
FERMÉ LE LUNDI
ENTRÉE STRICTEMENT INTERDITE

On a grimpé, enjambé et sauté. Teddy et Vern nous ont menés vers la source où on tirait de l'eau avec une pompe à l'ancienne – de celles qui marchent à l'huile de coude. Il y avait une boîte pleine d'eau près de la pompe : le péché impardonnable était de ne pas la laisser remplie pour le prochain qui passerait par là. Le manche en fer se dressait en biais, comme un oiseau manchot essayant de s'envoler. Jadis elle avait été peinte en vert – la couleur avait disparu sous le frottement des milliers de mains qui avaient tiré de l'eau depuis 1940.

La décharge de Castle Rock, c'est une des choses dont je me rappelle le mieux. Elle me rappelle toujours les peintres surréalistes – ces types qui peignaient des horloges mollement accrochées aux arbres ou des salons victoriens installés au milieu du Sahara ou des locomotives sortant d'une cheminée. À mes yeux d'enfant, rien dans cet endroit n'avait l'air d'être à sa place.

On était entrés par-derrière. Par-devant il y avait un large chemin de terre qui s'élargissait après le portail et donnait sur un grand demi-cercle aplani au bulldozer comme un terrain d'atterrissage s'arrêtant net au bord de la décharge. La pompe (Teddy et Vern se chamaillaient pour savoir qui allait tirer de l'eau) était derrière la fosse, profonde d'environ vingt-cinq mètres, pleine de tout ce qui en Amérique est vide, usé, ou simplement en panne. Il y avait tellement de trucs que j'en avais mal aux yeux – ou peut-être au cerveau – de ne pas pouvoir m'arrêter sur un objet. C'est alors que l'œil était attiré, ou retenu, par quelque chose d'aussi déplacé que ces horloges molles ou le salon dans le désert. Un lit en cuivre titubant au soleil. Une poupée stupéfaite, regardant son ventre accoucher de son rembourrage. Une Studebaker retournée sur le dos, son nez chromé étincelant comme une fusée de Buck Rogers. Un de ces grands distributeurs d'eau qu'on voit dans les bureaux, transformé par le soleil en un saphir brûlant.

Beaucoup d'animaux sauvages y vivaient, aussi, mais pas ceux qu'on voit dans les documentaires à la Walt Disney ni dans les zoos où on peut caresser les bêtes. Des rats bien gras, des marmottes agiles nourries de hamburgers pourris et de légumes véreux, des milliers de mouettes et, parmi elles, parfois, tel un prêtre plongé dans sa méditation, un grand corbeau noir. C'était là aussi que les chiens errants de la ville venaient manger quand ils ne trouvaient pas de poubelle à renverser ni de chevreuil à courser. Une bande d'affreux bâtards, méchants, le ventre creux et le sourire hargneux, se battant pour un morceau de pizza plein de mouches ou des entrailles de poulet fumant sous le soleil.

Mais ces chiens ne s'attaquaient jamais à Milo Pressman, le gardien, parce qu'il ne sortait jamais sans avoir Chopper sur ses talons. Chopper était le chien le plus redouté de Castle Rock – du moins jusqu'à ce que Cujo, le chien de Joe Camber, attrape la rage vingt ans plus tard – et celui qu'on voyait le moins. Il n'y en avait pas d'aussi féroce dans un rayon de soixante kilomètres, disait-on, et il était laid à faire peur. Sa méchanceté légendaire était entretenue par les chuchotements des gosses. Certains disaient qu'il était à moitié berger allemand, d'autres que c'était avant tout un boxer ; un gosse de Castle View affligé du nom de Harry Horr affirmait que c'était un doberman dont on avait coupé les cordes vocales pour qu'il ne fasse aucun bruit en attaquant. D'autres encore prétendaient que Chopper était un chien-loup irlandais et que Pressman le nourrissait d'un mélange spécial, moitié Canigou moitié sang de poulet. Les mêmes disaient que le gardien n'osait pas faire sortir Chopper de sa cabane sans l'encapuchonner comme un faucon.

On racontait souvent que non seulement Pressman l'exerçait à mordre, mais à mordre telle ou telle partie de l'anatomie humaine. Ainsi si le malheureux gosse venant de franchir illégalement la palissade pour empocher des trésors interdits entendait crier : « Chopper ! Mords ! La main ! » Chopper saisirait la main et ne la lâcherait plus, déchirant la peau et les tendons, broyant les os entre ses mâchoires dégoulinantes de bave, tant que Milo ne l'arrêterait pas. On disait que Chopper pouvait choisir l'oreille, l'œil, le pied ou la jambe... et qu'un récidiviste surpris par le maître et son chien entendrait l'ordre terrible : « Chopper ! Mords ! » Ce gosse resterait soprano toute sa vie. Quant à Milo lui-même, on le voyait plus souvent et il impressionnait moins. Ce n'était qu'un ouvrier pas très malin qui arrondissait son maigre salaire en réparant pour les vendre des objets trouvés à la décharge.

Ce jour-là on ne voyait ni maître, ni chien.

Chris et moi on a regardé Vern amorcer la pompe pendant que Teddy pompait frénétiquement pour être enfin récompensé par un jet d'eau claire. Ils se sont aussitôt fourré la tête sous l'eau, Teddy continuant à pomper à tout berzingue.

« Teddy est fou, ai-je dit à voix basse.

– Oh ouais, a dit Chris, tranquillement. Il n'atteindra pas le double de l'âge qu'il a maintenant, je parie. Que son père lui ait brûlé les oreilles, c'est ça qui a tout fait. Il est fou de foncer sur les camions. Il n'y voit que dalle, avec ou sans lunettes.

– Tu te souviens de l'autre fois, dans l'arbre ?

– Ouais. »

L'année d'avant Teddy et Chris avaient grimpé sur le grand pin derrière chez moi. Arrivés presque au sommet

Chris a dit qu'ils n'iraient pas plus haut parce que toutes les branches étaient pourries. Teddy a pris son air buté, dingue, il a dit merde, j'ai de la résine plein les mains et je vais aller toucher le sommet. Chris a tout essayé, rien n'y a fait. Alors il est monté et en fait il a réussi – Teddy ne pesait que trente-sept kilos, souvenez-vous. Il est arrivé là-haut, tenant d'une main poisseuse la dernière branche du pin, criant qu'il était le roi du monde ou une idiotie pareille, et puis il y a eu un craquement horrible, effrayant. La branche où il était a cassé et il est tombé comme une pierre. Ce qui est arrivé ensuite est une de ces choses qui vous font croire en Dieu. Chris a tendu la main, uniquement par réflexe, et il a attrapé une poignée de cheveux. Bien qu'il ait eu le poignet gonflé et la main droite presque inutilisable pendant quinze jours, il a réussi à soutenir Teddy, qui hurlait des injures, jusqu'à ce qu'il pose le pied sur une branche assez solide. Sans le geste instinctif de Chris il serait tombé de branche en branche et se serait écrasé quarante mètres plus bas. Quand ils sont redescendus, Chris était blême, la réaction lui donnait envie de vomir. Et Teddy voulait le cogner pour lui avoir tiré les cheveux. Et ils se seraient battus si je n'avais pas été là pour les calmer.

« J'en rêve encore de temps en temps », m'a dit Chris en me lançant un regard étrangement vulnérable. « Sauf que dans le rêve je le rate à chaque fois. J'attrape seulement quelques cheveux, Teddy hurle et il tombe. Bizarre, hein ?

– Bizarre, oui. » Nous nous sommes regardés dans les yeux un instant, y voyant certaines de ces choses qui font les vrais amis. Puis nous avons tourné la tête et regardé Teddy et Vern qui se lançaient de l'eau à grands cris, en riant et en se traitant de dégonflés.

« Ouais, mais tu ne l'as pas raté, ai-je dit. Chris Chambers ne rate jamais, c'est pas vrai ?

– Pas même quand les dames laissent le siège rabattu », dit-il en me faisant un clin d'œil. Puis il a mis le pouce et l'index en forme de O et craché à travers une balle de salive blanche.

« Bouffe-moi tout cru, Chambers, ai-je dit.

– Avec une paille en verre. » Nous avons échangé un sourire. *« Venez prendre de la flotte avant qu'elle ne retombe dans les tuyaux ! »* a hurlé Vern.

« On fait la course, a dit Chris.

– Avec cette chaleur ? Tu débloques ?

– Allez. Il souriait toujours. Quand je le dis.

– Okay.

– *Go !* »

On a couru, les poings serrés, nos espadrilles mordant la terre cuite par le soleil, nos torses inclinés précédant nos jambes en blue-jean. Match nul, avec Teddy de mon côté et Vern de l'autre levant le doigt au même moment. Nous nous sommes écroulés en riant dans l'odeur stagnante et enfumée de la décharge, et Chris a lancé sa gourde à Vern qui l'a remplie. Ensuite nous sommes allés tous les deux à la pompe, Chris a pompé pour moi et moi pour lui, l'eau glacée lavant d'un coup la crasse et la chaleur, nos scalps soudain gelés et projetés quatre mois plus loin, en janvier. Puis j'ai rempli la boîte et nous sommes tous allés nous asseoir à l'ombre du seul arbre de la décharge, un frêne rabougri poussant à une dizaine de mètres de la cabane en papier goudronné du gardien. L'arbre penchait un peu vers l'ouest, comme s'il voulait ramasser ses racines de même qu'une vieille dame retrousserait ses jupes, pour sortir au plus vite de cet endroit.

« Super ! » a dit Chris en riant, écartant une masse de cheveux mouillés de son front.

« Dément », ai-je ajouté, riant moi aussi.

« C'est vraiment un bon moment », a tout simplement dit Vern, et il ne parlait pas seulement d'être entré en fraude dans la décharge, d'avoir embrouillé nos parents ou suivi les rails au plus profond de la forêt ; il parlait de tout ça mais il me semble maintenant qu'il s'agissait d'autre chose, et que nous le savions tous. Tout était là, autour de nous. Nous savions exactement qui nous étions et où nous allions. C'était génial.

On est restés quelque temps sous l'arbre à bavasser comme d'habitude – quelle était la meilleure équipe de base-ball (toujours les Yankees avec Mantle et Maris, bien sûr), quelle était la plus belle bagnole (la Thunderbird 55, mais Teddy s'accrochait à la Corvette 58), qui était, hors de notre bande, le mec le plus dur de Castle Rock (on est tombés d'accord sur Jamie Gallant qui avait fait un bras d'honneur à Mme Ewing et s'était tranquillement barré de la classe pendant qu'elle lui criait après), quelle était la meilleure émission (soit *Les Incorruptibles* soit *Peter Gunn* – Robert Stack en Eliot Ness et Craig Stevens en Gunn étaient cool tous les deux), tout ça, quoi.

Teddy a remarqué que l'ombre du frêne s'allongeait et m'a demandé l'heure. J'ai regardé ma montre et vu avec surprise qu'il était deux heures et quart.

« Hé les mecs, a dit Vern. Quelqu'un doit aller faire les courses. La décharge ouvre à quatre heures. Je veux pas être encore là quand Milo et Chopper vont se ramener. »

Même Teddy était d'accord. Il n'avait pas peur de Milo, qui avait quarante ans et une brioche, mais tous les gosses de Castle Rock planquaient leurs couilles entre leurs jambes quand on parlait de Chopper.

« Okay, ai-je dit, le dernier qui reste y va.

– C'est toi, Gordie, a dit Chris en souriant. Le dernier des cons.

– Et ta mère. » Je leur ai lancé une pièce chacun. « Lancez. »

Quatre pièces ont miroité en l'air. Quatre mains les ont attrapées au vol et les ont claquées sur quatre poignets crasseux. Se sont soulevées. Deux face et deux pile. On a relancé et cette fois on a eu pile tous les quatre.

« C'est un guignon », a dit Vern, qui ne nous apprenait rien. Quatre fois face, une lune, était prétendument signe d'une chance extraordinaire. Quatre fois pile c'était un guignon, c'est-à-dire une malchance redoutable.

« On s'en fout, a dit Chris. Ça ne veut rien dire. Encore une fois.

– Non, mec, a dit Vern, très sérieux. Un guignon, c'est vraiment mauvais. Tu te souviens quand Clint Bracken et les autres se sont rétamés à Durham, sur le Sirois ? Billy m'a dit qu'ils avaient joué pour qui paierait les bières et qu'ils ont tiré un guignon juste avant de prendre la bagnole. Et bam ! Tous finis. Je n'aime pas ça. Franchement.

– Personne ne croit à ces conneries de lunes et de guignons, s'est impatienté Teddy. C'est des trucs de bébé, Vern. Tu lances ou pas ? »

Vern a lancé, visiblement à contrecœur. Cette fois

lui, Chris et Teddy ont eu pile. Moi j'avais Thomas Jefferson sur un nickel. Et soudain j'ai eu peur. Comme si une ombre avait traversé un soleil intérieur. Ils avaient encore eu un guignon, tous les trois, comme si le sort les avait désignés une seconde fois. Brusquement j'ai repensé à ce qu'avait dit Chris : *J'attrape seulement quelques cheveux, Teddy hurle et il tombe. Bizarre, hein ?* Trois fois pile, une fois face.

Alors Teddy a poussé son rire de crécelle, son rire de fou en me montrant du doigt, et l'ombre a disparu.

« C'est quoi ce rire de coyote, ai-je dit en dressant le doigt du milieu.

– Eeee-eee-eeee, Gordie. Va chercher la bouffe. »

En fait ça ne m'ennuyait pas trop. Je m'étais reposé et je n'avais qu'à suivre la route jusqu'au Florida.

– Vous feriez mieux de ne pas partir sans moi. »

Vern a ri. « Aller sans toi ce serait comme d'avoir de la Slitz au lieu de Budweiser, Gordie.

– Ah ! la ferme. »

Ils se sont mis à chanter : « Je ne la ferme pas, je la pousse. Et quand je te vois je la dégueule.

– Alors ta mère arrive et lèche par terre », ai-je dit en prenant la tangente, et je leur ai fait un bras d'honneur au passage. Plus jamais je n'ai eu d'amis comme à douze ans, et vous ?

12

Chacun voit les choses à sa manière, dit-on maintenant, et c'est cool. De sorte que si je vous dis *été* il vous vient une série d'images personnelles, intimes, différentes des miennes. C'est cool. Mais pour moi *été* ce sera toujours courir sur la route du Florida, avec des pièces tintant dans ma poche, un soleil torride et mes pieds dans des Keds. Ce mot évoque une image de rails se rejoignant à l'infini et brillant d'un tel éclat blanc sous le soleil qu'en fermant les yeux on les voyait encore, bleus au lieu de blancs.

Mais cet été représente plus et autre chose que ce voyage au-delà du fleuve à la recherche de Ray Brower, même si c'est le plus important. Des échos des Fleetwoods chantant *Come Softly to Me*, de Robin Luke chantant *Susie Darlin*, et de Little Anthony faisant pétarader les paroles de *I Ran All the Way Home*. Toutes avaient-elles un énorme succès en été 1960 ? Oui et non. Plutôt oui. Pendant les longues soirées pourpres où le rock and roll de WLAM se fondait dans le base-ball nocturne de WCOU, le temps basculait. Pour moi tout s'est passé en 1960 et cet été a duré des années, gardé intact par la magie d'un réseau de sons : le bourdonnement ténu des criquets, le bruit de mitraillette des cartes claquant sur les rayons d'un vélo monté par un gosse qui rentre chez lui pour un dîner tardif de viande froide et de thé glacé, la voix texane et monotone de Buddy Knox qui chante « *Viens et deviens ma poupée de fête, je te ferai l'amour, l'amour* », et la voix du commentateur de base-ball se mêlant à la chanson et à l'odeur d'herbe fraîchement coupée : « *Le score en est à trois à deux. Whitey Ford se penche... se débarrasse de l'écriteau... il y est... Ford fait une pause... il lance... et ça y est ! Williams a tout pris de celle-là ! Dites-lui adieu ! RED SOX MÈNE, TROIS À UN !* » Ted Williams jouait-il encore avec les Red Sox en 1960 ? Mon cul, je parie que oui – 316, il a fait Ted. Je m'en souviens très clairement. Pour moi cela faisait deux ans que le base-ball s'était mis à compter, depuis que j'avais été obligé de voir que les joueurs de base-ball étaient faits de chair et de sang, comme moi. Cela m'est venu quand la voiture de Roy Campanella a fait un tonneau et que les journaux ont crié la fatale nouvelle en première page : sa carrière était finie, il allait passer le reste de sa vie dans un fauteuil roulant. Cela m'est revenu, le même bruit sourd et mortel, quand je me suis assis devant cette machine à écrire un matin, il y a deux ans, que j'ai allumé la radio et appris que Thurman Munson s'était tué en essayant de poser son avion.

Il y avait des films à voir au Gem, depuis longtemps démoli ; des films de science-fiction comme *Gog*, avec Richard Egan, des westerns avec Audie Murphy (Teddy a vu au moins trois fois tous les films de Murphy ; pour lui c'était presque un dieu), et des films de guerre avec John Wayne. Il y avait des jeux, des repas interminables expédiés en vitesse, des endroits où il fallait courir, des murs qu'il fallait viser avec des pièces de monnaie, des gens qui vous donnaient des claques dans le dos. Me voilà essayant de revoir cette époque à travers un clavier d'IBM, de me rappeler le meilleur et le pire de cet été vert et brun, et je peux presque sentir le garçon maigre, couvert d'éraflures, encore enfoui dans ce corps vieillissant, entendre à nouveau les chansons et les bruits. Mais l'apothéose de tous ces souvenirs, c'est Gordon Lachance courant sur la route du Florida avec de la monnaie dans ses poches et la sueur qui lui coule dans le dos.

J'ai demandé trois livres de viande hachée et j'ai pris moi-même des petits pains, quatre bouteilles de Coca et un décapsuleur à deux cents. Le patron, un certain George Dusset, est allé chercher la viande et s'est penché près de sa caisse, un battoir posé sur le comptoir près du grand bocal à œufs durs, un cure-dents dans la bouche, son énorme ventre gonflé de bière tendant son tee-shirt blanc comme la voile d'un navire. Il n'a pas bougé tout le temps que je me suis servi, pour être sûr que je ne piquais rien. Il n'a pas dit un mot avant de peser la viande.

« Je te connais. Tu es le frère de Dennis Lachance. Pas vrai ? » Le cure-dents passait d'un côté à l'autre de sa bouche comme sur un roulement à billes. Il a tendu le bras derrière sa caisse et pris une bouteille de soda à la crème qu'il s'est mis à secouer.

« Oui, monsieur. Mais Dennis, il...

– Oui, je sais. C'est bien triste, gamin. La Bible dit : "Au milieu de la vie, nous sommes déjà dans la mort." Tu savais ça ? Huh ! J'ai perdu un frère en Corée. Tu es tout le portrait de Dennis, on te l'a déjà dit ? Huh ! Son portrait craché.

– Oui, monsieur, quelquefois, ai-je dit d'une voix morne.

– Je me souviens de l'année où il a été sélectionné pour le tournoi. Demi-arrière, il jouait. Huh ! Et comme il courait ? Seigneur ! Tu es probablement trop jeune pour t'en souvenir. » Il avait le regard fixé au-dessus de moi, à travers la porte en grillage, sur la fournaise extérieure, comme s'il contemplait une vision merveilleuse.

« Je me souviens. Heu ! monsieur Dusset ?

– Quoi, gamin ? » Il avait l'œil embué par le souvenir ; le cure-dents tremblait un peu entre ses lèvres.

« Vous avez le pouce sur la balance.

– *Quoi ?* » Il a baissé les yeux, stupéfait, sur l'émail blanc où le gras de son pouce pesait lourdement. Si je ne m'étais pas un peu écarté quand il s'était mis à parler de Dennis, la viande hachée l'aurait caché. « Tiens, c'est bien vrai. Heu ! Je crois que je pensais trop à ton frère, Dieu ait son âme. » George Dusset s'est signé. Quand il a retiré son pouce de la balance, l'aiguille a reculé de deux cents grammes. Il a remis un peu de viande et a enveloppé le tout dans du papier blanc de boucher.

« Okay, a-t-il dit à travers son cure-dents, voyons ce que nous avons là. Trois livres de hamburg, ça fait un dollar quarante-quatre. Les pains ronds, vingt-sept cents. Quatre sodas, quarante cents. Un ouvre-bouteille, deux cents. Ça fait... » Il a fait l'addition sur le sac où il allait emballer le tout. « Deux dollars vingt-neuf.

– Treize », ai-je dit.

Il a relevé la tête très lentement, en fronçant les sourcils. « Huh ?

– Deux dollars treize. Vous vous êtes trompé.

– Gamin, es-tu...

– Vous vous êtes trompé, ai-je répété. D'abord vous mettez le pouce sur la balance et ensuite vous augmentez la note, monsieur Dusset. J'allais rajouter quelques Twinkies à l'ensemble, mais maintenant je crois bien que non. » J'ai fait claquer deux dollars et treize cents devant lui sur le comptoir.

Il a regardé l'argent, puis moi. Le front terriblement plissé, cette fois, les rides profondes comme des crevasses. « Pour qui tu te prends, gamin ? » a-t-il dit à voix basse, confidentiel et menaçant. « Tu serais pas un petit malin ?

– Non, monsieur. Mais vous n'allez pas m'arnaquer et vous en tirer comme ça. Qu'est-ce que dirait votre mère en apprenant que vous arnaquez les petits enfants ? »

Il a fourré nos provisions dans le sac en papier d'un geste brusque, faisant tinter les bouteilles de soda. Ensuite il me l'a jeté si brutalement que j'aurais pu le laisser tomber et casser les bouteilles. Son visage s'était assombri, sa peau basanée engorgée de sang, ses rides figées dans le marbre. « Okay, gamin. Allez, va. Maintenant, Seigneur, tu sors de ma boutique. Je te revois ici et je te jette dehors, moi. Huh. Petit malin, fils de pute.

– Je ne reviendrai pas », ai-je dit en allant jusqu'à la

porte en grillage, que j'ai ouverte. Dehors la chaleur de l'après-midi continuait à somnoler comme prévu, verte et brune et pleine d'un éclat muet. « Non plus qu'aucun de mes amis. Je dois bien en avoir cinquante.

– Ton frère n'était pas comme toi ! a-t-il crié.

– *Va te faire foutre !* » ai-je crié en m'élançant à toute vitesse sur la route.

J'ai entendu la porte claquer comme un coup de feu et son rugissement m'a rattrapé : « *Si jamais tu reviens ici je vais te murer la gueule, petite vermine !* »

J'ai couru jusqu'en haut de la première côte. J'avais peur, je riais tout seul, et mon cœur battait au triple galop. Ensuite je me suis contenté de marcher vite, regardant de temps en temps en arrière pour être sûr qu'il n'allait pas me poursuivre en bagnole ou autre.

Il n'a rien fait, et je suis bientôt arrivé au portail de la décharge. J'ai mis le sac dans ma chemise, escaladé le portail et sauté de l'autre côté. J'avais traversé la moitié du terrain quand j'ai vu quelque chose de déplaisant – la Buick 56 à hublots de Milo Pressman garée derrière sa cabane en papier goudronné. Si Milo me voyait j'irais visiter la vallée des larmes. Aucune trace de Milo ni de l'abominable Chopper, mais tout d'un coup le grillage du fond m'a paru très éloigné. J'ai regretté de ne pas avoir fait le tour, mais je m'étais trop avancé pour faire demi-tour et ressortir. Si Milo me voyait grimper sur la grille je me ferais probablement coincer en rentrant chez moi, mais cela m'effrayait moins que de voir le gardien lancer son chien.

Les violons de la terreur se sont mis à jouer dans ma tête. Je continuais à mettre un pied devant l'autre, essayant de garder une allure normale, d'avoir l'air de faire partie de la maison avec mon sac en papier dépassant de ma chemise, et j'allais droit vers la clôture qui me séparait des rails.

J'étais à quinze mètres du grillage et je commençais à me dire que tout irait bien quand j'ai entendu Milo crier : « Hé ! Hé, toi ! Le gosse ! Éloigne-toi de ce grillage ! Sors-toi de là ! »

Le plus malin aurait été simplement d'obéir au type et de revenir, mais j'étais tellement tendu qu'à la place je me suis précipité vers la clôture en poussant un hurlement de sauvage. Vern, Teddy et Chris sont sortis des broussailles, de l'autre côté, et m'ont regardé d'un air anxieux à travers le grillage.

« *Tu vas revenir ici !* a braillé Milo. *Reviens ou je lance mon chien sur toi, bon Dieu !* »

Cette voix n'était pas précisément celle du bon sens et du compromis, m'a-t-il semblé, et j'ai couru encore plus vite, les bras comme des pistons, le sac en papier s'écrasant sur ma peau nue. Teddy s'est mis à rire de son rire d'idiot, *eee-eee-eeee* comme une sorte de roseau dont aurait joué un dément.

« Vas-y, Gordie ! Vas-y ! » a hurlé Vern.

« Mords-le, Chopper ! Va le chercher, mon gars ! »

J'ai lancé le sac par-dessus la clôture et Vern a poussé Teddy pour l'attraper. Derrière moi j'entendais arriver Chopper : il faisait trembler le sol, crachait le feu par une narine géante et la glace par l'autre, du soufre dégouttait de ses mâchoires béantes. Je me suis jeté à mi-hauteur du grillage d'un seul bond, en hurlant. Je suis arrivé au sommet en moins de trois secondes et j'ai tout bonnement sauté – sans y penser, sans même regarder où j'allais atterrir. Ce sur quoi j'ai presque atterri c'est Teddy, plié en deux et en plein fou rire. Il avait perdu ses lunettes et pleurait tout ce qu'il savait. Je l'ai manqué d'un cheveu et je suis tombé sur le gravier du talus, à sa gauche. Au même instant Chopper a heurté le grillage, derrière moi, et poussé un grondement où se mêlaient la déception et la rage. Je me suis retourné en me tenant le genou, éraflé sur le gravier, et j'ai vu pour la première fois le célèbre Chopper – et appris ma première leçon sur la différence entre mythe et réalité.

Au lieu d'une énorme bête sortie tout droit de l'enfer, l'œil féroce et les crocs saillants, j'ai vu un bâtard de taille moyenne, noir et blanc, parfaitement banal. Il aboyait et sautait en vain, dressé sur ses pattes de derrière pour griffer le grillage.

Teddy s'était mis à parader de long en large derrière la clôture, faisant tournoyer ses lunettes dans une main, et il poussait le chien à s'exciter plus encore.

« Lèche-moi le cul, Choppie ! » l'invitait-il en postillonnant. « Lèche-moi le cul ! »

Il faisait rebondir son postérieur contre le grillage et Chopper faisait de son mieux pour répondre à son invitation, mais ses efforts ne lui rapportaient que des grands coups sur le nez. Teddy cognait du cul sur la clôture et Chopper se jetait dessus, le manquait, n'arrivant qu'à mettre son nez au supplice. Il saignait déjà. Teddy l'encourageait sans cesse, l'appelait Choppie, diminutif plutôt affreux, tandis que Chris et Vern s'étaient écroulés sur le talus, riant si fort qu'ils en étaient essoufflés.

Et voici qu'est arrivé Milo Pressman, vêtu d'un vieux treillis taché de sueur et d'une casquette de baseball des Giants de New York, la bouche déformée par une colère folle.

« Holà ! Holà ! hurlait-il. Arrêtez d'énerver cette bête ! Vous m'entendez ? *Arrêtez ça immédiatement !*

– Mords ça, Choppie », criait Teddy qui paradait en

sautant sur place comme un Prussien halluciné devant ses troupes. « Viens me prendre ! Mords-moi ! »

Chopper est devenu dingue. Franchement dingue. Il s'est mis à faire de grands cercles en aboyant, en grondant, l'écume à la bouche, ses pattes arrière faisant jaillir des mottes de terre sèche. Il a fait trois tours à toute vitesse, comme pour se donner du courage, et il s'est lancé tout droit contre le grillage. Il devait faire du cinquante à l'heure quand il l'a touché – je ne blague pas – les babines retroussées et les oreilles volant au vent. La clôture a fait entendre une note grave, musicale, et le grillage n'a pas seulement cédé, entre deux poteaux, il s'est en quelque sorte *tendu* comme un arc. Il y a eu comme le son d'une cithare – *yimmmmmmmm*. Une sorte de cri étranglé est sorti de sa gueule, ses yeux sont devenus blancs, et il a fait un stupéfiant saut périlleux arrière, atterrissant sur le dos avec un choc sourd qui a fait voler la poussière. Il est resté là un moment sans bouger, et puis s'est éloigné en rampant, la langue pendant de travers, sur la gauche.

Milo lui-même est devenu fou de rage. Il a pris une couleur aubergine, à faire peur – même son crâne est devenu pourpre sous le hérissement de ses cheveux coupés en brosse. Toujours sous le choc, assis par terre, mon jean déchiré aux genoux, le cœur battant encore la chamade d'être passé aussi près du désastre, j'ai pensé que Milo était presque la version humaine de Chopper.

« Je te connais ! » a crié Milo, furieux. « Tu es Teddy Duchamp ! Je vous connais *tous !* Fiston, je vais te tanner les fesses, pour avoir énervé mon chien comme ça !

– J'aimerais bien t'y voir ! a répliqué Teddy aussi sec. Monte un peu sur ce grillage et essaye de m'avoir, gros cul !

– *QUOI ? QU'EST-CE QUE TU M'AS DIT ?*

– *GROS CUL !* » a hurlé Teddy, nageant dans le bonheur. « *TAS DE LARD ! SAC À TRIPES ! ALLEZ VIENS ! ALLEZ VIENS !* » Il sautait sur place, les poings serrés, ses cheveux projetant des gouttes de sueur.

« T'APPRENDRAS À LANCER TON CONNARD DE CHIEN APRÈS LES GENS ! ALLEZ VIENS ! J'AIMERAIS BIEN T'Y VOIR !

– Petit rat minable, tête de nœud, fils de cinglé ! Ta mère va recevoir une invitation au tribunal pour répondre au juge de ce que tu as fait à mon chien !

– Qu'est-ce que tu m'as dit ? » a demandé Teddy d'une voix rauque. Il avait arrêté de sauter. Ses yeux étaient devenus énormes, vitreux, et sa peau avait pris la couleur du plomb.

Milo l'avait traité de toutes sortes de noms, mais il a su revenir en arrière sans problème et trouver celui qui avait visé juste – plus tard, trop souvent, j'ai remarqué le génie qu'ont les gens pour ça... Il a retrouvé CINGLÉ, ne s'est pas contenté d'appuyer sur le bouton mais y est allé à grands coups de marteau sur le pauvre gosse.

« Ton père est cinglé, a-t-il dit en souriant. Un des cinglés de Togus, voilà quoi. Plus fou qu'un rat d'égout. Plus fou qu'un chevreuil plein de tiques. Timbré comme un chat qui se prend la queue dans un fauteuil à bascule. Cinglé. Pas étonnant que tu te conduises comme ça, avec un père cin...

– *TA MÈRE BOUFFE DES RATS MORTS !* a hurlé Teddy. *ET SI TU TRAITES ENCORE MON PÈRE DE CINGLÉ, PUTAIN JE TE TUERAI, SALE ENCULÉ !*

– Cinglé », a répété Milo, content de lui. Il avait trouvé le bouton, sûr et certain. « Fils de dingue, fils de dingue, ton père avait une araignée au plafond, gamin, dur pour toi. » Vern et Chris avaient cessé de rire, se rendant peut-être compte de la gravité de la situation, prêts à intervenir, mais quand Teddy a dit à Milo que sa mère se branlait avec des rats morts ils sont retombés en pleine crise d'hystérie et se sont roulés par terre en se tenant le ventre et en battant des pieds. « Arrêtez, a dit Chris d'une voix faible. Arrêtez, je vous en prie, arrêtez, je jure sur Dieu que j' vais *éclater !* »

Derrière Milo, Chopper, hébété, marchait en décrivant

un grand huit. On aurait dit un boxeur ayant perdu un match, dix secondes après que l'arbitre eut accordé un KO technique à son adversaire. Pendant ce temps Teddy et Milo continuaient à s'injurier, nez à nez, à travers le grillage que Milo était trop vieux et trop gras pour escalader.

« Ne dis plus rien sur mon père ! Mon père a pris d'assaut les plages de Normandie, pauvre trouduc !

– Ouais, eh bien, où il est maintenant, petit bigleux de merde ? Il est à Togus, pas vrai ? Il est à Togus parce qu'on *A DÛ LUI PASSER LA CAMISOLE* !

– Bon, ça y est. C'est tout, c'est fini, je vais te tuer. » Il s'est jeté sur la clôture et a commencé à grimper.

« Viens donc t'y frotter, petit bâtard pisseux. » Milo l'attendait en souriant.

« Non ! » ai-je crié. Je me suis relevé, j'ai attrapé Teddy par le fond de son jean et je l'ai arraché du grillage. On est tombés tous les deux, moi en dessous. Il m'a bien écrasé les couilles, me tirant un gémissement de douleur. Je ne connais rien qui fasse aussi mal, vous ne trouvez pas ? Mais j'ai gardé les bras serrés autour de lui.

« Laisse-moi me lever ! » Teddy sanglotait en se tordant pour m'échapper. « Laisse-moi me lever, Gordie. Personne peut insulter mon vieux. *LAISSE-MOI BON DIEU LAISSE-MOI* !

– C'est justement ce qu'il veut ! lui ai-je crié à l'oreille.

Il veut t'attirer là-bas, te foutre une raclée et t'emmener aux flics !

– Huh ? » Teddy a tordu le cou pour me regarder, l'air ahuri.

« Toi, le môme, occupe-toi de ton cul », a dit Milo en avançant jusqu'au grillage, les poings serrés comme des jambons. « Laisse-le se battre s'il en a envie.

– Bien sûr. Vous faites seulement deux cents kilos de plus que lui.

– Toi aussi, je te connais, a-t-il dit d'un ton menaçant. Tu t'appelles Lachance. » Il a désigné Vern et Chris qui finissaient par se relever, encore essoufflés d'avoir tellement ri. « Ces gars-là sont Chris Chambers et un de ces crétins de Tessio. Vos pères vont tous entendre parler de moi, sauf le cinglé de Togus. Vous irez en maison de correction, tous. Délinquants juvéniles ! »

Il était solidement planté sur ses jambes, tendant ses grandes mains tavelées comme pour jouer à colin-maillard, le souffle lourd et les yeux plissés, guettant pour voir si nous allions pleurer, nous excuser ou peut-être lui livrer Teddy pour qu'il le donne à bouffer à Chopper.

Chris a fait un O avec le pouce et l'index et a craché à travers.

Vern a chantonné en regardant le ciel.

« Viens Gordie, a dit Teddy. Éloignons-nous de ce trou-duc avant que je me mette à dégueuler.

– Oh, ça va te tomber dessus, petit maquereau mal embouché. Attends que je te traîne chez le commissaire.

– On a entendu ce que vous avez dit sur son père, lui ai-je dit. On est tous témoins. Et vous avez lancé ce chien sur moi. C'est interdit par la loi. »

Milo a eu l'air un peu gêné. « C'est interdit d'entrer.

– Mon cul, oui. La décharge est propriété de l'État.

– T'es grimpé sur la clôture.

– C'est sûr, après que vous avez lâché ce chien » – espérant que Milo oublierait que j'avais aussi escaladé le portail pour entrer : « Qu'est-ce que vous croyez que j'allais faire ? Rester là et me laisser bouffer sur place ? Allez, les mecs. Allons-y. Ça pue par ici.

– La maison de correction, nous a promis Milo, la voix rauque et tremblante. La correction pour les petits malins.

– J' demande qu'à dire aux flics comment vous avez traité un ancien combattant de foutu cinglé », a dit Chris en s'éloignant. « Qu'est-ce que vous faisiez pendant la guerre, monsieur Pressman ?

– *PAS VOS OIGNONS BON DIEU !* a glapi Milo. *VOUS AVEZ BLESSÉ MON CHIEN !*

– Notez ça sur votre carnet et envoyez-le à l'aumônier », a marmonné Vern, et nous sommes remontés sur le talus.

« Revenez ici ! » a crié Milo, mais il ne criait plus si fort et semblait se désintéresser de nous.

Teddy lui a fait un dernier bras d'honneur. J'ai regardé en arrière quand nous sommes arrivés au sommet. Milo était toujours debout derrière la clôture, un grand et gros type avec une casquette de base-ball et son chien assis à côté de lui. Il s'accrochait au grillage pendant qu'il nous criait après et tout d'un coup je l'ai pris en pitié – on aurait dit le dernier joueur du monde, enfermé par erreur sur le terrain, criant pour qu'on vienne lui ouvrir. Il a continué à crier mais soit il en a eu assez, soit nous étions trop loin pour l'entendre. Ce jour-là on n'a plus entendu parler de Milo Pressman ou de Chopper.

13

On s'est mis à se répéter – sur un ton vertueux un peu forcé, en fait – comment on avait montré à ce taré qu'on n'était pas une bande de dégonflés. J'ai raconté que le patron du Florida avait essayé de nous arnaquer, et puis nous sommes retombés dans le silence, à ressasser des idées noires.

Pour ma part je me disais qu'il y avait peut-être quelque chose après tout dans cette histoire idiote, le guignon. Les choses n'auraient pas pu tourner plus mal – au point, me suis-je dit, qu'il valait peut-être mieux ne plus rentrer pour épargner à mes parents la douleur d'avoir un fils au cimetière de Castle View et un autre à la maison de correction de South Windham. J'étais sûr que Milo irait voir les flics dès que son cerveau obtus se serait souvenu que la décharge était fermée, ce qui donnait toute son importance à l'incident. Il comprendrait que j'étais coupable de violation de propriété, publique ou pas. Cela lui donnait probablement tous les droits de me faire courser par son imbécile de chien. Chopper n'était peut-être pas le chien d'enfer de la légende, mais il m'aurait bien arraché la peau des fesses si je n'étais pas arrivé le premier au grillage. Et j'avais une autre idée noire qui me trottait dans la tête – tout ça n'était pas une partie de rigolade, après tout, et on avait peut-être mérité notre malchance. Qu'est-ce qu'on allait faire, au juste, sinon regarder un môme qui s'était fait écrabouiller par un train de marchandises ?

Mais on y allait, et pas un de nous ne voulait y renoncer.

On avait presque atteint le ponton qui franchissait la rivière quand Teddy a fondu en larmes. C'était comme si une grande lame de fond avait renversé une série de barrages intérieurs soigneusement édifiés. Pas une blague – ça a été aussi rapide et violent que ça. Les sanglots le pliaient en deux comme des coups et il s'est écroulé sur lui-même, portant ses mains tantôt à son ventre, tantôt aux bouts de chair qui lui restaient de ses oreilles mutilées, secoué par des crises brutales, explosives.

Aucun de nous ne savait quoi foutre. Il ne pleurait pas comme quand on reçoit un coup sur la tête en jouant au rugby ou qu'on tombe de vélo. Physiquement, il n'avait rien. On s'est mis un peu à l'écart et on l'a regardé, les mains dans les poches.

« Hé, mec... », a dit Vern d'une toute petite voix. Chris et moi l'avons regardé avec espoir. « Hé, mec », c'est toujours un bon début. Mais il n'a pas su continuer.

Finalement, quand il a pleuré un peu moins fort, c'est Chris qui est allé vers lui. C'était le dur de notre bande (peut-être même plus dur que Jamie Gallant, pensais-je à part), mais aussi celui qui savait le mieux faire la paix. Il savait y faire. Je l'avais vu s'asseoir sur le trottoir près d'un gosse qui s'était éraflé le genou, un putain de gosse qu'il ne connaissait *même pas*, et le faire parler de n'importe quoi – du cirque qui allait venir en ville ou de Huckleberry Hound à la TV – jusqu'à ce que le gosse oublie qu'il était censé avoir mal. Chris était au poil pour ça. Parce que c'était un vrai dur.

« 'coute, Teddy, qu'est-ce que tu t'occupes de ce qu'un vieux tas de merde comme lui peut dire sur ton père ? Huh ? Je veux dire, franchement ! Ça ne change rien, non ? Ce que dit un gros tas de merde comme lui ? Huh ? Huh ? Pas vrai ? »

Teddy a violemment secoué la tête. Ça ne changerait rien. Mais d'entendre dire en plein jour ce qu'il avait dû ressasser dans sa tête la nuit en regardant la lune dans l'angle d'une fenêtre, se répéter à sa façon lente et heurtée jusqu'à ce que cela devienne quelque chose de sacré, en essayant de comprendre, et d'avoir à entendre que tout le monde considérait simplement son père comme un cinglé... ça l'avait ébranlé. Mais cela ne changerait rien. Rien.

« Il a pris d'assaut la plage en Normandie, vrai ? » Chris lui a pris une main couverte de crasse et de sueur et l'a tapotée.

Teddy hochait violemment la tête tout en pleurant. La morve coulait de son nez.

« Crois-tu que ce tas de merde était en Normandie ? »

Teddy a aussitôt secoué la tête. « *Nuh-Nuh-Non !*

– Crois-tu que ce type te connaisse ?

– Nuh-Non ! Non, m-m-mais...

– Ou ton père ? Qu'il soit un des copains de ton père ?

– NON ! » Avec horreur, avec rage. Quelle idée. Sa poitrine a été soulevée par les sanglots. Il avait repoussé ses cheveux, découvrant ses oreilles, et je voyais le bouton en plastique marron du sonotone au milieu de son oreille droite. La forme du bouton était plus reconnaissable que celle de l'oreille, si vous voyez ce que je veux dire.

« C'est facile, de parler », a dit Chris, très calme. Teddy a hoché la tête, toujours sans lever les yeux. « Et ce qu'il y a entre toi et ton vieux, les mots n'y changeront rien. »

Teddy a vaguement secoué la tête, n'étant pas sûr que ce soit vrai. Quelqu'un avait redéfini sa souffrance, et l'avait fait en termes grossièrement vulgaires. Cela méritait

(cinglé)

d'être examiné

(putain de camisole)

plus tard. À fond. Tout au long des nuits sans sommeil.

Chris l'a bercé. « Il te faisait marcher, mec », a-t-il dit sur un rythme apaisant, comme une berceuse. « Il essayait de te faire repasser cette putain de clôture, tu le sais ? Te casse pas, mec. Te casse pas, putain. Il ne sait rien sur ton vieux. Il ne sait rien que des trucs comme racontent les vieux soûlots du Mellow Tiger. C'est de la crotte, mec. Pas vrai, Teddy ? Huh ? Vrai ? »

Teddy ne faisait plus que renifler. Il s'est essuyé les yeux, laissant autour deux anneaux de crasse, et s'est rassis.

« Je suis okay », a-t-il dit, et le son de sa propre voix a paru le convaincre. « Ouais, je suis okay. » Il s'est levé et a remis ses lunettes – comme s'il avait rhabillé son visage nu, m'a-t-il semblé. Puis, avec un pauvre rire, il a essuyé sa morve avec son bras nu. « Un foutu pleurnicheur, non ?

– Non, mec, a dit Vern, gêné. Si quelqu'un traitait mon père...

– Alors faut les tuer ! » a dit Teddy d'un ton vif, presque arrogant. « Tuer ces merdes. Vrai, Chris ?

– Vrai. » Chris a souri et lui a donné une claque dans le dos.

« Vrai, Gordie ?

– Absolument », ai-je dit, me demandant comment il faisait pour tellement tenir à un père qui l'avait pratiquement assassiné, alors que je me foutais bien du mien qui pourtant, pour ce que j'en savais, n'avait jamais plus porté la main sur moi depuis le jour où, à trois ans, j'avais essayé de boire de l'eau de Javel trouvée sous l'évier.

On a fait deux cents mètres le long des rails et Teddy a repris, plus calme : « Hé, si je vous ai empêchés de vous amuser, je suis désolé. Je crois que c'étaient vraiment des conneries, cette merde à la décharge.

– Je ne suis pas sûr de vouloir qu'on s'amuse », a brusquement dit Vern.

Chris l'a regardé. « Tu dis que tu veux rentrer, mec ?

– Non, heu ! » Son visage s'est tordu sous l'effort de la réflexion. « Mais aller voir un gosse qui est mort – peut-être que ça ne devrait pas être une fête. Je veux dire, si vous pigez... » Il nous a regardés un peu égaré. « Je veux dire, je pourrais avoir un peu peur. Si vous comprenez. »

Personne n'a rien dit et Vern a foncé.

« Je veux dire, quelquefois j'ai des cauchemars. Comme... oh, les mecs, vous vous souvenez de la fois où Danny Naughton a laissé un tas de vieilles BD, celles avec des vampires et des gens coupés en morceaux et toute cette merde ? Je me réveille au milieu de la nuit en rêvant d'un type pendu dans une baraque avec le visage tout vert ou quelque chose, vous voyez, comme ça, et on dirait qu'il y a quelque chose sous le lit et si je laissais pendre ma main cette chose pourrait, vous savez, m'attraper... »

Nous avons tous approuvé de la tête. On connaissait l'équipe de nuit. Mais j'aurais bien ri si on m'avait dit qu'un jour pas si lointain j'échangerais ces peurs enfantines et ces sueurs froides contre près d'un million de dollars.

« Et je n'ose rien dire, parce que mon putain de *frère*... enfin, vous connaissez Billy... il le dirait partout. » Il a haussé les épaules, malheureux. « Alors j'ai la trouille de regarder ce gosse parce que s'il est, vous savez, s'il est vraiment salement... »

J'ai avalé ma salive et regardé Chris, très sérieux, qui faisait signe à Vern de continuer.

« S'il est salement amoché j'aurai des cauchemars à cause de lui et je me réveillerai en croyant que c'est *lui* sous mon lit, tout coupé en morceaux dans une mare de sang comme s'il venait de sortir d'un de ces gadgets à salade qu'on voit à la TV, avec plus que les yeux et les cheveux mais *bougeant* quand même, si vous pouvez piger ça, *bougeant* quand même et prêt à attraper...

– Bon dieu, a dit Teddy d'une voix pâteuse. Quelle putain d'histoire pour s'endormir.

– Eh bien, je n'y peux rien, a dit Vern, sur la défensive. Mais je sens qu'y faut qu'on l' voie, même s'il y a des cauchemars. Vous voyez ? Comme quoi y *faut*. Mais... peut-être que c'est pas pour s'amuser.

– Ouais, a dit Chris d'une voix douce. Peut-être pas. »

Vern s'est fait suppliant : « Vous ne le direz pas aux autres, n'est-ce pas ? Je ne parle pas des cauchemars, tout le monde en a, je parle de se réveiller en croyant qu'il peut y avoir quelque chose sous le lit. Je suis trop vieux pour ce putain de croquemitaine. »

On a tous promis qu'on ne dirait rien, et un silence lugubre s'est abattu sur nous. Il n'était que trois heures moins le quart, mais on aurait cru beaucoup plus. Il faisait trop chaud, il s'était passé trop de choses. Nous n'étions pas même entrés dans Harlow. Fallait vraiment qu'on s'agite si on voulait trotter un peu avant la nuit.

On a dépassé l'aiguillage et son signal en haut d'un grand poteau rouillé et on s'est tous arrêtés pour lancer du mâchefer au drapeau en métal, mais aucun ne l'a touché. Vers trois heures et demie on est arrivés à la rivière Castle et au ponton qui la traversait.

14

À cet endroit, en 1960, la rivière faisait plus de cent mètres de large. Je suis allé la revoir depuis cette époque, et j'ai trouvé qu'elle avait sérieusement rétréci. Ils n'arrêtent pas de toucher à cette rivière pour améliorer le rendement des usines, et ils y ont mis tellement de barrages qu'elle est complètement domestiquée. Mais en ce temps-là il n'y avait que trois barrages sur toute sa longueur. La Castle traversait le New Hampshire et la moitié du Maine presque librement ; tous les trois ans, au printemps, elle débordait et inondait la route 136 à Harlow ou à l'embranchement de Danvers ou aux deux endroits.

Ce jour-là, après l'été le plus sec qu'ait connu le Maine depuis la Crise, elle était encore assez large. D'où nous étions, sur la rive côté Castle Rock, l'épaisse forêt d'Harlow avait l'air d'un pays complètement différent. Les pins et les sapins, dans un halo de chaleur, paraissaient bleuâtres. Les rails passaient à quinze mètres au-dessus de l'eau, étayés par des poutres en bois goudronné reliées par des traverses. L'eau était si basse qu'on pouvait voir en se penchant le haut des piles en ciment enfoncées de trois mètres dans le lit de la rivière pour soutenir l'ensemble.

La passerelle elle-même était plutôt maigrelette – la voie courait sur une plate-forme étroite en six-quatre, avec dix centimètres de vide entre chaque poutre, où on pouvait voir jusqu'en bas. Sur le côté il n'y avait pas plus de cinquante centimètres entre le rail et le bord. Peut-être assez de place pour ne pas se faire écharper si un train venait... mais le souffle d'un train de marchandises lancé à toute vitesse vous aurait sûrement condamné à une mort certaine sur les rochers qui affleuraient à la surface de l'eau.

En voyant la passerelle on a tous senti la peur se lover au fond de notre ventre... et, se mêlant à la peur, l'excitation d'un défi, un vrai, quelque chose dont on pourrait se vanter des jours et des jours après notre retour... si on rentrait. Une lueur étrange se voyait à nouveau dans les yeux de Teddy et je me suis dit qu'il ne voyait pas du tout cette passerelle mais une plage immense et dix mille GI en train de charger dans le sable avec leurs bottes de combat. Franchissant d'un bond les rouleaux de barbelés ! Lançant des grenades dans les bunkers ! Submergeant les nids de mitrailleuses !

On était près des rails, le mâchefer s'enfonçait vers la rivière, c'était la fin du talus et le début de la passerelle. En baissant les yeux je voyais la pente devenir plus raide. Le mâchefer laissait la place à des broussailles clairsemées, tenaces, séparées par des plaques de roche grise. Plus bas quelques sapins rabougris aux racines apparentes sortaient des crevasses, semblant contempler leur misérable reflet dans l'eau de la rivière.

L'eau de la Castle, à cette hauteur, était encore claire ; c'est à Castle Rock qu'elle pénétrait dans la région des filatures. Mais il n'y avait déjà plus un poisson même si on pouvait toujours voir le fond – il fallait remonter quinze kilomètres vers le New Hampshire pour en voir sauter à la surface. Plus de poissons, et tout au long des rives on voyait des colliers de mousse sale autour de certains rochers – une mousse couleur de vieil ivoire. L'odeur, non plus, n'était pas très agréable ; on aurait dit celle d'un panier à linge plein de serviettes moisies. Des libellules piquetaient la surface de l'eau et pondaient en toute impunité. Plus de truites pour les dévorer. Bon Dieu, pas même des poissons-chats.

« Mec, a dit Chris à voix basse.

– Allons, s'est écrié Teddy, tout guilleret, voire arrogant.

On y va. » Il démarrait déjà, marchant sur les longerons entre les rails étincelants.

« Dites, a dit Vern, mal à l'aise, il y en a un qui sait quand le prochain train doit passer ? »

On a haussé les épaules.

« Il y a le pont de la route 136... », ai-je dit.

« Hé, allons, faites pas chier ! a crié Teddy. Ça veut dire descendre la rivière sur huit kilomètres de ce côté et la remonter sur huit kilomètres de l'autre... ça nous prendra jusqu'à la nuit ! Si on prend la passerelle, on sera au même endroit en *dix minutes !*

– Mais si un train arrive on n'ira nulle part », a dit Vern. Il ne regardait pas Teddy, il regardait la rivière, inlassable et neutre.

« Putain c'est pas vrai ! » Teddy était indigné. Il s'est accroché au bord de la plate-forme en se retenant à un des piliers. Il n'était pas allé très loin – ses pieds touchaient presque le sol –, mais l'idée de faire la même chose au milieu de la rivière avec un train rugissant juste au-dessus de ma tête, un train qui m'enverrait sûrement des cendres brûlantes dans les cheveux et dans le cou... cette idée ne me donnait pas précisément l'impression d'être la Reine d'un Jour.

« Voyez comme c'est facile ? » Teddy s'est laissé

tomber sur le talus, s'est essuyé les mains et est remonté près de nous.

« Tu veux dire que tu vas rester pendu comme ça si c'est un train de deux cents wagons ? a demandé Chris. Accroché par les mains pendant cinq ou dix minutes ?

– T'as la trouille ? a crié Teddy.

– Non, je te demande juste ce que tu ferais. » Chris a souri : « La paix, mec.

– Faites le tour si vous voulez ! a bramé Teddy. Rien à chier ! Je vous attendrai ! Je ferai la sieste !

– Il y a déjà un train qui est passé, ai-je dit à regret. Et il n'y a probablement qu'un ou deux trains par jour qui traversent Harlow. Regardez. » J'ai donné un coup de pied dans les herbes qui poussaient entre les traverses. Il n'y en avait aucune sur la voie allant de Castle Rock à Lewiston.

« Voilà. Vous voyez ? a dit Teddy, triomphant.

– Mais il y a tout de même un risque, ai-je ajouté.

– Ouais. » Chris ne regardait que moi, les yeux brillants. « T'es pas cap, Lachance.

– T'es pas cap d'être prem's.

– Okay. » Chris nous a regardés tous les trois : « Y a des dégonflés ?

– *NON !* » a crié Teddy.

Vern s'est raclé la gorge, a fait un son enroué, s'est

raclé la gorge une seconde fois et a dit « non » d'une toute petite voix, avec un pauvre sourire plaintif.

« Okay », a dit Chris... mais nous avons encore hésité un moment, même Teddy, en surveillant les voies des deux côtés. Je me suis agenouillé et j'ai serré un rail d'une main, négligeant le fait qu'il était brûlant au point de me donner des cloques. Le rail était muet.

« Okay. » Au même moment quelqu'un a sauté à la perche dans mon estomac. J'ai cru qu'il enfonçait sa perche jusqu'aux couilles et qu'il se retrouvait assis sur mon cœur.

On est partis en file indienne : d'abord Chris, puis Teddy, Vern, et moi en queue parce que j'avais dit pas cap d'être prem's. On marchait sur les longerons entre les rails, et il fallait regarder où on mettait les pieds, qu'on ait le vertige ou non. Un faux pas et la jambe passait à travers, avec probablement un genou cassé en prime.

La rive s'est abaissée sous mes yeux, chaque pas semblait sceller notre choix à jamais... et le faisait paraître encore plus stupide et suicidaire. Je me suis arrêté pour lever les yeux quand les rochers ont laissé place à la rivière, tout en bas. Chris et Teddy étaient loin devant, presque au milieu, et Vern les suivait d'un pas mal assuré, regardant studieusement ses pieds, la tête en avant, le dos voûté, les bras écartés pour garder son équilibre, comme une vieille dame essayant de marcher avec des échasses. J'ai regardé en arrière. Trop tard, mec. Il fallait que je continue, et pas seulement parce qu'un train pouvait venir. Si je faisais demi-tour, je serais un dégonflé à vie.

Je suis devenu extrêmement conscient de tous les bruits venant de moi et de l'extérieur, comme si un orchestre impossible s'accordait avant de jouer. Le battement régulier de mon cœur, le bruit du sang dans mes oreilles, comme un tambour effleuré par des balais, les craquements des sinus imitant les cordes d'un violon tendues au maximum, le sifflement continuel de la rivière, le crissement d'un criquet creusant l'écorce, le cri monotone d'une mésange, et quelque part, au loin, un chien qui aboyait. Peut-être Chopper. L'odeur moisie de la rivière me remplissait le nez. Les muscles de mes cuisses tremblaient. Je me disais sans cesse qu'il serait tellement plus sûr (et probablement plus rapide) de faire le trajet à quatre pattes. Mais je ne le ferai jamais – pas plus que les autres. Si les films en matinée du Gem nous avaient appris quelque chose, c'est que SEULS LES PERDANTS RAMPENT. C'était un des principaux dogmes de l'Évangile selon Hollywood. Les bons avancent debout, bien droits, et si vos tendons grincent comme des violons à cause du flot d'adrénaline qui vous inonde le corps, et si les muscles de vos cuisses tremblent pour la même raison, eh bien qu'il en soit ainsi.

J'ai dû m'arrêter au milieu du ponton et regarder le ciel quelques instants. Mon vertige s'accentuait. Je voyais des fantômes de traverses me flotter devant le nez. Quand cela s'est effacé je me suis senti mieux. J'ai regardé devant moi et vu que j'avais presque rattrapé Vern, qui boitillait de plus en plus. Chris et Teddy étaient bientôt arrivés.

Et bien que depuis lors j'aie écrit sept livres à propos de gens ayant des facultés aussi exotiques que lire dans les pensées et prévoir l'avenir, c'est alors que j'ai eu ma première et dernière illumination psychique. Je suis sûr que c'était ça – comment l'expliquer autrement ? Je me suis accroupi et j'ai empoigné le rail de gauche. Il vibrait sous ma paume. Il vibrait si fort que je croyais tenir un nœud de serpents métalliques et mortels.

Vous avez entendu l'expression « ses entrailles se sont liquéfiées » ? Je sais ce que cette phrase veut dire – *exactement* ce qu'elle veut dire. C'est peut-être le cliché le plus vrai jamais inventé. J'ai eu peur depuis cette époque, très peur, mais jamais autant qu'à cet instant où j'ai touché le rail brûlant, vivant. Il m'a semblé que pour un moment tous les organes de mon corps se sont ramollis, comme évanouis. Un mince filet d'urine a coulé sur l'intérieur de ma cuisse. Ma bouche s'est ouverte. Je ne l'ai pas ouverte, elle l'a fait d'elle-même, la mâchoire est tombée comme une trappe dont on a soudain enlevé les gonds. Ma langue s'est plaquée contre le palais, risquant de m'étouffer. Et tous mes muscles se sont bloqués. C'était le pire. Mes entrailles étaient flasques mais mes membres étaient bloqués dans une étreinte terrible et je ne pouvais plus bouger du tout. Cela n'a duré qu'un instant, mais subjectivement ce fut un instant d'éternité.

Toutes mes perceptions se sont intensifiées, comme si les impulsions électriques de mon cerveau étaient survoltées, avaient sauté du cent dix au deux cent vingt. J'ai entendu un avion qui passait dans le ciel et j'ai eu le temps de souhaiter m'y trouver, tout simplement assis près d'un hublot, un Coca à la main, regardant vaguement la ligne sinueuse et miroitante d'une rivière dont je n'aurais pas su le nom. Je voyais chaque écharde et chaque anfractuosité de la traverse goudronnée où je m'étais accroupi. Et du coin de l'œil je voyais le rail que j'agrippais toujours et qui brillait d'un éclat dément. La vibration pénétrait si profond dans mon corps que ma main vibrait encore quand je l'ai retirée, les terminaisons nerveuses se heurtant sans cesse l'une l'autre, provoquant les mêmes picotements que lorsqu'une main ou un pied engourdi se réveille. Je sentais le goût de ma salive soudain électrifiée, amère, et se coagulant sur les gencives. Pire que tout, plus horrible encore, je n'entendais toujours pas le train, je ne savais pas s'il se précipitait sur moi par-devant ou par-derrière, ni où il était. Il était invisible. Rien ne l'annonçait sinon ce rail pris de tremblote. Rien pour nous prévenir de la catastrophe imminente. Une vision de Ray Brower, horriblement mutilé et projeté dans un fossé comme un sac de linge sale éventré, m'est passée devant les yeux. Nous allions le rejoindre, ou du moins Vern et moi, ou moi en tout cas. On s'était invités à nos propres funérailles.

Cette idée a secoué ma paralysie et je me suis relevé d'un coup. J'avais sûrement l'air d'un diable à ressort, mais en fait j'avais l'impression de nager sous l'eau, d'avoir à remonter non pas un mètre cinquante d'air mais plutôt cent cinquante mètres de liquide. Mes gestes me semblaient ralentis, comme pris d'une terrible langueur, et l'eau s'écartait à regret.

J'ai fini par atteindre la surface.

J'ai hurlé : « *UN TRAIN !* »

Toute trace de paralysie m'a quitté et je me suis mis à courir.

Vern a brusquement tourné la tête. La surprise qui déformait son visage paraissait comique, exagérée, inscrite en lettres géantes. Il m'a vu courir en chancelant, dansant d'une traverse affreusement haute à une autre, et il a compris que je ne plaisantais pas. Lui aussi s'est mis à courir.

Très loin, j'ai pu voir Chris descendre de la voie sur la terre ferme et je l'ai haï soudain d'une haine éclatante, verte et amère comme la sève d'une feuille d'avril. Il était à l'abri. Cet enculé était *à l'abri*. Je l'ai vu tomber à genoux et saisir un rail.

Mon pied gauche a failli glisser dans un des intervalles. J'ai fait des moulinets avec mes bras, les yeux brûlants comme un roulement dans une machine emballée, repris l'équilibre et continué à courir. J'étais juste derrière Vern. Nous avions dépassé la moitié du ponton et j'ai entendu le train. Il arrivait derrière nous, de Castle Rock. C'était un grondement sourd qui peu à peu a grandi, d'un côté le martèlement du diesel et de l'autre le fracas plus redoutable des grandes roues pesant lourdement sur les rails.

« *Aohhhhhhhh-merde !* a crié Vern.

– Cours, dégonflé ! ai-je crié en le frappant dans le dos.

– J' peux pas ! J' vais tomber !

– Cours plus vite !

– *AOHHHHHHHHH-MERDE !* »

Mais il a couru plus vite – un épouvantail titubant, le dos nu brûlé par le soleil, le col de sa chemise ballottant sous ses fesses. Je voyais la sueur sur ses omoplates qui perlaient, des petites gouttes parfaitement rondes, le duvet qui recouvrait sa nuque, ses muscles qui se tendaient, se relâchaient, se tendaient, se relâchaient, encore et encore. Ses vertèbres ressortaient comme une série de bosses, chaque bosse faisant une ombre en forme de croissant – et les bosses se resserraient en approchant du cou. Il tenait toujours ses couvertures, et moi les miennes. Ses pieds pilonnaient les traverses. Il a failli en manquer une, a vacillé, les bras en avant, et je lui ai redonné un grand coup dans le dos pour qu'il continue.

« Gordiee je ne peux pas aohhhhhhhh-meeeeerde.

– COURS PLUS VITE, TÊTE DE NŒUD ! » ai-je beuglé, était-ce avec *plaisir ?*

Ouais – d'une façon étrange, suicidaire, que je n'ai retrouvée qu'en étant complètement ivre, c'était vrai. Je poussais Vern comme un bouvier mène au marché une de ses vaches préférées. Et peut-être prenait-il plaisir à sa peur de la même manière, mugissant comme cette vache, criant et transpirant, son torse se soulevant et retombant comme le soufflet d'un forgeron qui aurait pris du speed, courant maladroitement, toujours sur le point de tomber.

Le bruit du train se rapprochait, le grondement du moteur se faisait plus grave. Il a donné un coup de sifflet en dépassant l'aiguillage où nous nous étions arrêtés pour lancer du mâchefer sur le drapeau. J'avais finalement mon chien d'enfer aux trousses, que je le veuille ou non. Je m'attendais à ce que la passerelle se mette à trembler sous mes pieds. Quand ça arriverait, le train serait juste derrière nous.

« *VA PLUS VITE, VERN ! PLUS VIIITE* !

– Oh Dieu Gordie oh Dieu Gordie oh Dieu *AOHHHHHH-HMEEEERDE !* »

La sirène électrique de la motrice a soudain déchiré l'air en mille morceaux d'un long hurlement balayant d'un coup tout ce qu'on a jamais vu dans un film ou une BD ou dans ses propres rêves, vous faisant savoir ce qu'entendent vraiment les héros comme les lâches quand la mort les poursuit :

WHHHHHHHONNNNNNNK ! WHHHHHHHONNNNNNNK !

Et puis on a vu Chris en dessous de nous, sur la droite, Teddy derrière lui, ses lunettes renvoyant des éclairs de soleil, et ils criaient tous les deux le même mot, *sautez !* mais le train avait aspiré le sang des mots et il n'en restait que la forme sur leurs lèvres. La passerelle s'est mise à vibrer quand le train a foncé dessus. On a sauté.

Vern est tombé à plat ventre dans la terre mêlée de cendres, et moi juste à côté, presque sur lui. Je n'ai jamais vu ce train – et n'ai jamais su si le conducteur nous a vus. Quand j'ai évoqué cette possibilité devant Chris, quelques années plus tard, il m'a dit : « Ils ne donnent pas un coup de sirène pareil pour des prunes, Gordie. » Mais peut-être que si. Il a pu donner un coup de sirène pour le plaisir, je suppose. Sur le moment, ce genre de détail ne comptait guère. Je me suis plaqué les mains sur les oreilles et je me suis enfoui le visage dans les cendres chaudes quand le train est passé comme un ouragan de métal dont le souffle nous a giflés. Je n'ai pas eu l'idée de le regarder. Le train était très long, mais je n'ai pas levé les yeux. Avant qu'il ait fini de passer j'ai senti une main chaude sur ma nuque et j'ai su que c'était Chris.

Quand il est parti – quand j'ai été sûr qu'il était parti –, j'ai relevé la tête comme un soldat qui sort de son trou après avoir été bombardé toute une journée par l'artillerie. Vern était encore étalé par terre, il tremblait. Chris était assis en tailleur entre nous deux, une main sur la nuque moite de Vern, l'autre sur la mienne.

Vern a fini par s'asseoir, tremblant de tous ses membres et se léchant nerveusement les lèvres. « Qu'est-ce que vous pensez de boire ces Coca, les mecs ? a demandé Chris. Il n'y a que moi qui en aurais l'usage ? »

Nous avons tous pensé que nous en avions l'usage.

15

Du côté d'Harlow, au bout de quatre cents mètres, la voie s'enfonçait tout droit dans la forêt. Le terrain boisé s'abaissait et laissait place à une zone marécageuse pleine de moustiques gros comme des chasseurs à réaction, mais où il faisait frais... une fraîcheur merveilleuse.

Nous nous sommes assis à l'ombre pour boire nos Coke. Vern et moi nous sommes mis notre chemise sur les épaules pour écarter les bestioles, mais Chris et Teddy sont restés torse nu, l'air aussi frais et tranquilles que deux Esquimaux dans leur igloo. On n'était pas là depuis cinq minutes que Vern a dû aller dans les buissons pour en lâcher une, ce qui a donné lieu à pas mal de blagues et de coups de coude quand il est revenu :

« T'as tellement peur des trains, Vern ?

– Non. J'allais en lâcher une quand on a traversé, de toute façon, y *fallait* que j'en lâche une, vous savez ?

– *Verrrrrrn ?* Chris et Teddy, en chœur.

– Voyons, les mecs, y *fallait*. Franchement.

– Alors ça ne t'ennuie pas si on regarde le fond de ton slip pour y chercher du chocolat, pas vrai ? » a demandé Teddy, et Vern a fini par éclater de rire, comprenant qu'on se foutait de lui !

« Allez vous faire foutre. »

Chris s'est tourné vers moi. « Ce train t'a fait peur, Gordie ?

– Non. » J'ai bu une gorgée de Coca.

« Pas trop, hein, abruti. » Il m'a donné un coup sur le bras.

« Franchement. Je n'ai pas eu peur du tout.

– Ouais ? T'as pas eu peur ? » Teddy me regardait fixement.

« Non. Putain, j'étais *pétrifié.* »

Je les ai eus, tous, même Vern, et nous avons beaucoup ri. Ensuite nous sommes restés tranquilles, sans plus déconner, buvant notre Coca en silence. Je me sentais le corps chaud, bien entraîné, en paix avec lui-même. Rien n'y fonctionnait à contre-courant d'autre chose. J'étais vivant et heureux de l'être. Je voyais chaque chose en détail avec une tendresse toute spéciale, et quoique je n'aurais jamais pu le dire à voix haute c'était sans importance – peut-être voulais-je garder cette sensation de tendresse pour moi seul.

Je crois que ce jour-là j'ai commencé à comprendre ce qui pousse les hommes à devenir des risque-tout. J'ai payé vingt dollars pour regarder Evel Kneivel tenter son grand saut par-dessus le canyon de Snake River, il y a deux ans, et ma femme était horrifiée. Elle m'a dit que si j'étais né romain, je serais allé tout droit au Colisée regarder les lions étriper les chrétiens, assis en mangeant des raisins. Elle avait tort, mais j'avais du mal à expliquer pourquoi (et en fait, à mon avis, elle a cru que je me moquais d'elle). Je n'ai pas craché vingt dollars pour regarder ce mec se tuer en direct sur les TV de tout le pays, même si j'étais sûr que ça se passerait exactement comme ça. J'y suis allé à cause des ombres que nous avons toujours derrière les yeux, de ce que Bruce Springsteen appelle « les ténèbres à la lisière des villes » dans une de ses chansons, et à un moment ou à un autre je crois que nous voulons tous défier ces ténèbres malgré ces corps brinquebalants que Dieu nous a donnés, à nous pauvres humains. Non... pas *malgré* ces corps mais *grâce* à eux.

« Hé, raconte l'histoire », a dit soudain Chris en se redressant.

« Quelle histoire ? » ai-je demandé, mais je devais le savoir.

Je n'étais jamais très à l'aise quand on parlait de mes histoires, même s'ils avaient tous l'air de bien les aimer – vouloir raconter des histoires, et en plus avoir envie de les écrire… c'était assez singulier pour être bien vu, d'une certaine manière, comme de vouloir devenir inspecteur des égouts ou mécanicien de Grand Prix. Richie Jenner, un gosse qui a fait partie de notre bande jusqu'à ce que sa famille aille s'installer au Nebraska en 1959, a été le premier à découvrir que je voulais être écrivain quand je serais grand, que je voulais en faire un métier à plein temps. On était montés dans ma chambre, juste pour déconner, et il a trouvé un paquet de pages manuscrites dans un carton du placard, sous les illustrés. C'est quoi ? demande Richie. Rien, je dis, et j'essaye de les reprendre. Richie les lève hors de ma portée… et je dois avouer que je n'ai pas essayé *tant que ça* de les reprendre. J'avais envie qu'il les lise et en même temps je n'avais pas envie… un mélange instable d'orgueil et de timidité que j'ai toujours chaque fois qu'on me demande la même chose. L'acte d'écrire lui-même se fait en secret, comme la masturbation – oh, j'ai un ami qui a fait des trucs comme d'écrire des histoires dans la vitrine d'une librairie ou d'un grand magasin, mais ce type a un courage insensé, c'est le genre de zèbre qu'on aimerait avoir avec soi quand on a une crise cardiaque dans une ville inconnue. Pour moi, c'est toujours une envie de sexe qui ne se réalise pas – toujours l'adolescent qui se branle dans la salle de bains le verrou tiré.

Richie est resté assis au bout de mon lit presque tout l'après-midi à lire les trucs que j'avais écrits, la plupart sous l'influence du genre de bouquins qui avaient donné des cauchemars à Vern. Quand il a eu fini Richie m'a regardé d'une façon étrange et qui m'a fait un drôle d'effet, comme s'il avait été forcé de réévaluer toute ma personnalité. C'est pas mal du tout, a-t-il dit. Pourquoi tu ne les montrerais pas à Chris ? J'ai dit non. Je voulais que ça reste secret, et Richie a dit : Pourquoi ? C'est pas pédé. T'es pas une pédale. J'veux dire, c'est pas *poétique*.

Pourtant je lui ai fait promettre de ne rien dire à personne, mais bien sûr il l'a fait et il s'est avéré que la plupart ont eu plaisir à lire les trucs que j'écrivais, où il s'agissait surtout de se faire brûler vif, ou d'un escroc revenu d'entre les morts pour trucider de DOUZE MANIÈRES INTÉRESSANTES le jury qui l'avait condamné, ou d'un maniaque ayant piqué sa crise et transformé plein de monde en côtelettes de veau avant que le héros, Curt Cannon, « taille en morceaux le sous-homme dément et hurlant en l'arrosant des rafales de son .45 fumant ».

Dans mes histoires il n'y avait que des rafales. *Jamais* de balles.

Pour changer de décor, il y avait la série Le Dio. Le Dio était une petite ville française et, en 1942, une escouade américaine, de féroces têtes de lard, essayaient de la reprendre aux nazis (c'était deux ans avant que je m'aperçoive que les Alliés n'avaient pas débarqué en France avant 1944). Ils n'en finissaient pas de la reprendre, rue après rue, au cours d'une quarantaine d'histoires écrites entre neuf et quatorze ans. Teddy était absolument fou de ces histoires, et je crois bien n'avoir écrit les douze dernières que pour lui – à l'époque j'avais déjà ma claque de Le Dio et d'écrire des trucs comme *Mon Dieu, Cherchez le Boche et Feremez le porte !* À Le Dio les paysans français soufflaient constamment aux GI de *Feremez le porte !* Mais Teddy dévorait les pages, les yeux énormes, le front emperlé de sueur, le visage tordu par les grimaces. Parfois j'entendais presque dans son crâne les détonations des brownings refroidies par air et les sifflements des .88. La façon dont il réclamait d'autres Le Dio à cor et à cri était à la fois agréable et terrifiante.

Pour moi, aujourd'hui, écrire est un travail, le plaisir a un peu diminué, et de plus en plus souvent ce plaisir coupable, masturbatoire, s'associe dans ma tête aux images cliniques et glacées de l'insémination artificielle : je jouis selon les clauses et les règles stipulées dans le contrat de mon éditeur. Pourtant, même s'il n'y aura personne pour dire que je suis le Thomas Wolfe de ma génération, je me sens rarement en faute : je jouis aussi fort que je peux chaque fois. Aujourd'hui, ce qui m'inquiète, c'est que ça fait mal de plus en plus souvent. Jadis, j'étais parfois dégoûté, tellement c'était bon d'écrire. Ces temps-ci je regarde la machine et je me demande quand je serai à court de mots intéressants. Je voudrais que cela n'arrive jamais. Je crois que je peux rester cool tant que je ne suis pas à court de mots, vous comprenez ?

« C'est quoi cette histoire, a demandé Vern, anxieux. Ce n'est pas une histoire d'horreur, n'est-ce pas, Gordie ? Je crois pas que je puisse écouter une histoire d'horreur. Ce n'est pas le moment, mec.

– Non, ce n'est pas de l'horreur, a dit Chris. C'est vraiment drôle. Grossier mais drôle. Vas-y, Gordie. Envoie la sauce.

– Il s'agit de Le Dio ? a demandé Teddy.

– Non, il ne s'agit pas de Le Dio, obsédé. » Chris lui a donné un coup sur la nuque. « Il s'agit du concours de mangeurs de tartes.

– Hé, je ne l'ai pas encore écrite, celle-là.

– Ouais, mais raconte-la.

– Vous voulez l'entendre, les mecs ? ai-je dit.

– Bien sûr, chef, a dit Teddy.

– Bon, c'est à propos de cette ville imaginaire. Gretna, je l'appelle. Gretna, dans le Maine.

– *Gretna* ? Vern a souri. Qu'est-ce que c'est que ce nom ? Il n'y a pas de *Gretna* dans le Maine.

– La ferme, idiot, a dit Chris. Il vient de te dire que c'est imaginaire, non ?

– Ouais, mais *Gretna*, c'est vraiment stupide...

– Plein de vraies villes ont un nom stupide, a dit Chris. Pourquoi pas *Alfred*, Maine ? Ou *Saco*, Maine ? Ou Arpent-de-Jérusalem ? Ou Castle-putain-Rock ? Il n'y a pas de château dans le coin. La plupart des noms de ville sont stupides. Tu n'y penses pas, uniquement parce que tu es habitué. Pas vrai, Gordie ?

– Bien sûr. » Mais au fond de moi je trouvais que Vern avait raison : Gretna était vraiment un nom stupide pour une ville. Seulement je n'avais pas été capable d'en trouver un autre. « Bon, en tout cas, ils célèbrent chaque année le Jour des Pionniers, comme à Castle Rock...

– Ouais, le Jour des Pionniers, c'est une vraie *bombe* », a dit Vern, très sérieux. « J'ai envoyé toute ma famille dans cette prison sur roues qu'ils ont faite, même ce salaud de Billy. Ça n'a duré qu'une demi-heure et ça m'a coûté tout mon argent de poche mais ça valait le coup juste pour savoir quand ce fils de pute allait...

– Tu vas la fermer et le laisser raconter ? » a hurlé Teddy.

Vern a cligné des yeux. « Sûr. Ouais. Okay.

– Vas-y, Gordie, a dit Chris.

– Ce n'est vraiment pas...

– Ouais, on n'attend pas grand-chose d'un merdeux comme toi, a dit Teddy, mais vas-y quand même. »

Je me suis raclé la gorge. « Bon, en tout cas. C'est le Jour des Pionniers, et le dernier soir il y a les trois grandes attractions. Il y a la course de l'œuf pour les petits mômes, une course en sac pour ceux qui ont huit ou neuf ans, et il y a le concours des mangeurs de tartes. Et le type important de l'histoire c'est un gros, un gosse que personne n'aime et qui s'appelle Davie Hogan.

– Comme le frère de Charlie Hogan s'il en avait un », a dit Vern, qui s'est ratatiné quand Chris lui a donné un second coup sur la nuque.

« Ce gosse, il a notre âge, mais il est gros. Il pèse dans les quatre-vingts kilos et on n'arrête pas de le battre et de se foutre de lui. Tous les gosses, au lieu de l'appeler Davie, l'appellent Gros Lard Hogan et se foutent de sa gueule à la moindre occasion. »

Ils ont tous hoché la tête avec sympathie, pleins de respect dû au pauvre Gros Lard, bien que si un gosse pareil se pointait à Castle Rock on aurait été les premiers à le mettre en boîte jusqu'à plus soif.

« Alors il décide de se venger parce que, disons, il en a marre, vous voyez ? Il ne doit aller qu'au concours de mangeurs de tartes, mais c'est vraiment le bouquet de la journée et ça plaît à tout le monde. Il y a un prix de cinq dollars...

– Donc il gagne et les envoie tous se faire foutre ! » s'est écrié Teddy. « Chapeau !

– Non, c'est mieux que ça, a dit Chris. Ferme-la et écoute.

– Gros Lard se dit, cinq dollars, qu'est-ce que c'est ? Quinze jours plus tard, si les gens se souviennent de quelque chose, ce sera juste que ce foutu porc de Hogan a bouffé plus que tout le monde, alors, évidemment, allons chez lui le rouler dans la merde, et cette fois on va l'appeler Tarte au Cul au lieu de Gros Lard. »

Ils ont approuvé de la tête, voyant bien que Davie Hogan en avait dans le ciboulot. Je me suis mis à entrer dans mon histoire :

« Mais tout le monde s'attend à ce qu'il participe au concours, vous voyez. Même son père et sa mère. Hé, ils ont pratiquement déjà dépensé les cinq dollars à sa place.

– Ouais, c'est comme ça, a dit Chris.

– Ma cousine est comme ça ! s'est écrié Vern tout excité. Franchement ! Elle fait presque cent cinquante kilos ! Paraît que c'est la glande Hyboïde ou quê-qu'chose comme ça. J'sais pas pour son Hyboïde, mais c'est un putain de ballon, les mecs, on dirait une putain de dinde de Noël, et la fois...

– Tu vas fermer ta putain de gueule, Vern ? Chris a éclaté. Pour la dernière fois ! Je le jure devant Dieu ! » Il avait fini son Coca et brandissait la bouteille verte en forme de sablier au-dessus de la tête de Vern.

« Ouais, c'est vrai, pardon. Vas-y, Gordie. C'est une chouette histoire. »

J'ai souri. Ses interruptions ne m'ennuyaient pas vraiment, mais naturellement je ne pouvais pas le dire à Chris qui s'était lui-même nommé Gardien des Arts.

« Alors il retourne tout ça dans sa tête, vous voyez, pendant la semaine précédant le concours. À l'école les gosses viennent le voir : Hé, Gros Lard, combien tu vas manger de tartes ? Tu vas en manger dix ? Vingt ? Quatre-vingts putains de tartes ? Et Gros Lard leur répond : Comment je saurais. Je ne sais même pas quel *genre* de tartes il y aura. En plus, vous voyez, l'intérêt du concours c'est que le champion est un adulte qui s'appelle, euh, Bill Traynor, je crois. Et ce Traynor n'est même pas gros. En fait il est maigre comme un haricot. Mais il bouffe les tartes comme si c'était magique, et l'année d'avant il en avait bouffé six en cinq minutes.

– Des *entières* ? a demandé Teddy, stupéfait.

– Parfaitement. Et Gros Lard est le plus jeune concurrent qu'il y ait jamais eu.

– Vas-y, Gros Lard ! a crié Teddy. Bouffe ces putains de tartes !

– Parle-leur des autres mecs, a dit Chris.

– Okay. En plus de Gros Lard et de Bill Traynor il y a Calvin Spier, le plus gros bonhomme de la ville – il tient la bijouterie...

– Les Bijoux Gretna », a ricané Vern. Chris l'a regardé d'un œil noir.

« Et il y a ce type qui est disc-jockey dans une station de radio à Lewiston, pas vraiment gros, mais du genre enveloppé, vous voyez. Et le dernier c'est Hubert Gretna le Troisième, le directeur de l'école de Gros Lard.

– Il va bouffer en face de son directeur ? » a demandé Teddy.

Chris s'est pris les genoux et s'est balancé d'avant en arrière, mis en joie. « Si c'est pas génial ? Vas-y, Gordie ! »

Je les tenais. Ils étaient tous penchés vers moi. Une sensation de puissance m'a grisé. J'ai jeté ma bouteille vide dans les arbres et je me suis tortillé pour mieux m'installer. Je me souviens d'avoir à nouveau entendu la mésange, loin dans les bois, qui s'éloignait encore et jetant dans le ciel son appel monotone et sans fin : *dee-dee-dee-dee...*

« Alors il a son idée. La vengeance la plus grandiose dont un enfant peut rêver. Arrive le grand soir – la fin de la fête. Le concours a lieu juste avant le feu d'artifice. On a fermé la grande rue de Gretna pour que les gens puissent y marcher, et on a installé une grande estrade au milieu de la chaussée. Il y a des drapeaux qui pendent et plein de gens devant. Il y a aussi un photographe du journal venu prendre une photo du vainqueur tout barbouillé de mûres, puisque cette année c'étaient des tartes aux mûres. En plus, j'allais oublier de vous le dire, ils devaient manger leurs tartes avec les mains attachées dans le dos. Alors, ça y est, ils arrivent sur l'estrade... »

16

Extrait de *La Revanche de Gros Lard Hogan*, par Gordon Lachance. Publié par le magazine *Cavalier*, mars 1975. Citation autorisée.

Ils montèrent un par un sur l'estrade et se rangèrent derrière une longue table posée sur des tréteaux et couverte d'un drap. La table, où s'entassaient les tartes, était tout au bord de l'estrade. Au-dessus s'enroulaient des guirlandes d'ampoules nues de cent watts entourées d'un halo de phalènes et insectes nocturnes. Dominant l'estrade, illuminée par les projecteurs, une grande pancarte : GRETNA – GRAND CONCOURS DE TARTES 1960 ! De chaque côté pendaient des vieux haut-parleurs fournis par Chuck Day, qui tenait le Magasin d'Accessoires du Grand Jour. Chuck était le cousin de Bill Travis, le champion en titre.

À mesure qu'arrivaient les concurrents, mains liées derrière le dos et chemise ouverte comme Sydney Carton allant à la guillotine, le maire Charbonneau annonçait leurs noms au micro de Chuck et leur mettait une grande bavette blanche autour du cou. Calvin Spier récolta de maigres applaudissements ; malgré son ventre, gros comme une barrique de vingt gallons, on ne le voyait pas rivaliser avec le jeune Hogan (Gros Lard était considéré par la plupart comme un espoir, mais trop jeune et inexpérimenté pour aller bien loin cette année).

Après Spier, on annonça Bob Cormier. C'était un disc-jockey dont l'émission, tous les après-midi sur WLAM, avait du succès. Il fut mieux accueilli, acclamé même par quelques adolescentes. Les filles le trouvaient « mignon ». John Wiggins, directeur de l'école primaire de Gretna, suivit Cormier et reçut les applaudissements chaleureux des adultes – et quelques huées lancées par les plus facétieux de ses écoliers. Wiggins réussit à offrir en même temps au public un large sourire paternel et un sévère froncement de sourcils.

Puis le maire Charbonneau présenta Gros Lard.

« Un nouveau participant du grand concours de tartes de Gretna, dont nous attendons beaucoup à l'avenir... *le jeune maître David Hogan !* » Charbonneau lui mit son bavoir sous le menton sous les applaudissements. Quand ils s'éteignirent on entendit un chœur grec hors de portée des ampoules crier à l'unisson, sardonique : « *Fais-leur-la-peau-Gros-Lard !* »

Il y eut des éclats de rire étouffés, des piétinements, quelques ombres que nul ne put (ou ne voulut) identifier, des rires nerveux, des froncements de sourcils officiels (d'abord celui de l'autorité la plus en vue, Hizzoner Charbonneau). Gros Lard, lui, parut ne rien remarquer. Le léger sourire huilant ses grosses lèvres et plissant ses bajoues ne changea pas quand le maire, toujours renfrogné, lui noua son bavoir en lui disant d'ignorer les imbéciles dissimulés dans l'assistance (comme si le maire avait la moindre idée de quels monstrueux imbéciles Hogan avait dû subir et continuerait à subir en traversant l'existence avec le grondement d'un char nazi). L'haleine du maire était chaude et sentait la bière.

Le dernier candidat à grimper sur l'estrade fleurie de drapeaux reçut les acclamations les plus enthousiastes ; c'était le légendaire Bill Travis, un mètre quatre-vingt-quinze, maigre et vorace. Travis était mécano à la station Amoco près du dépôt des trains, et c'était le meilleur des hommes.

Toute la ville savait qu'il n'y avait pas que cinq dollars en jeu dans ce concours – en tout cas pour Bill Travis. Et pour deux raisons. D'abord les gens passaient toujours à la station féliciter Bill après sa victoire, et la plupart en profitaient pour faire le plein. Et les deux ateliers étaient parfois retenus un mois entier après le concours. Les gens venaient faire changer leur pot d'échappement ou graisser leurs roulements, ils s'installaient dans les fauteuils de cinéma alignés contre le mur (Jerry Maling, le propriétaire, les avait récupérés dans le vieux cinéma Gem quand il avait été démoli en 1957) en buvant des Coke et des Moxies pris au distributeur, et bassinaient Bill avec ce concours pendant qu'il changeait leurs bougies ou se promenait sur un cric hydraulique sous une camionnette pour voir si l'échappement était troué. Bill était toujours disposé à bavarder, ce qui était une des raisons de sa popularité.

On discutait en ville pour savoir si Jerry Maling lui donnait une prime pour les clients supplémentaires que rapportait son exploit annuel (son repas annuel, si vous préférez), ou s'il était carrément augmenté. D'une façon ou d'une autre Travis était sans aucun doute plus à l'aise que la plupart des mécanos de province. Il avait un joli ranch sur la route de Sabbatus, avec un étage, et certaines mauvaises langues disaient qu'il se l'était « construit avec des tartes ». C'était probablement exagéré, mais Bill s'y retrouvait par un autre bout – ce qui nous mène à la seconde raison faisant qu'il n'y avait pas que cinq dollars en jeu.

On pariait dur, à Gretna, sur le Mange-Tartes. La majorité venait probablement pour s'amuser, mais une minorité conséquente venait aussi pour miser du bon argent. Ces parieurs étudiaient les concurrents et discutaient de leurs chances avec autant d'ardeur que si c'étaient des pur-sang. Ils interrogeaient leurs amis, leurs parents, voire leurs simples relations, et ils vous leur extorquaient le moindre détail concernant leurs habitudes alimentaires. La tarte officielle de l'année suscitait toujours de grandes discussions – la tarte aux pommes était jugée « lourde », celle aux abricots « légère » (bien qu'un concurrent dût se résigner à deux ou trois jours de courante s'il avait avalé trois ou quatre de ces dernières). Celle de cette année, la tarte aux mûres, passait pour une heureuse moyenne. Les parieurs, naturellement, voulaient surtout savoir si leur poulain aimait les mûres. Que pensait-il de la sauce aux mûres ? Préférait-il la confiture de mûres à la gelée de fraise ? L'avait-on vu saupoudrer les céréales de son petit déjeuner avec des mûres, ou s'en tenait-il aux bananes et à la crème ?

Et d'autres questions de quelque importance. Mangeait-il vite pour ralentir ensuite ou commençait-il lentement pour accélérer quand les choses devenaient sérieuses ou était-il encore une bonne fourchette bien régulière ? Combien de hot dogs pouvait-il avaler en regardant un match de championnat sur le terrain de Saint-Dom ? Buvait-il beaucoup de bière, et si oui, combien de bouteilles descendait-il en une soirée ? Était-il un roteur ? On croyait qu'un bon roteur tenait mieux la distance.

On triait toutes ces informations, et bien d'autres, on fixait les cotes et on allongeait les mises. En vérité, combien d'argent changeait de mains pendant la semaine suivant le concours, je n'en ai aucune idée, mais si vous me colliez le canon d'un revolver sous le nez, je dirais que ce n'était pas loin de mille dollars – une somme qui peut vous paraître mesquine, mais il y a quinze ans, dans une petite ville, c'était beaucoup d'argent.

Or, comme le concours était honnête et que la limite des dix minutes était strictement respectée, nul ne s'opposait à ce qu'un concurrent parie sur lui-même, ce que Bill Travis faisait tous les ans. Pendant qu'il saluait et qu'il souriait à son public, en cette nuit de l'été 1960, on racontait qu'il avait à nouveau misé gros, sur sa tête, et qu'il n'avait pas trouvé mieux que cinq contre un. Si vous n'êtes pas de la race des parieurs, laissez-moi vous expliquer : il fallait qu'il risque deux cent cinquante dollars pour pouvoir en gagner cinquante. Pas énorme, mais c'était la rançon du succès – et à voir son sourire tranquille et sa façon d'absorber les applaudissements, il ne s'inquiétait pas trop.

« Et le champion en titre, trompetta le maire, Bill Travis de Gretna même !

– Houh, Bill !

– Combien tu en fais, ce soir, Bill ?

– Tu vas vers les dix, Billy-boy ?

– J'ai un paquet sur toi, Bill ! Ne me laisse pas tomber, mon gars !

– Garde-moi une de ces tartes, Trav ! »

Hochant la tête et souriant avec la modestie requise, Bill Travis laissa le maire lui attacher la bavette autour du cou. Puis il s'assit au bout de la table, près de l'endroit où se tiendrait Charbonneau pendant le concours. Ainsi, de droite à gauche, il y avait Bill Travis, David « Gros Lard » Hogan, Bob Cormier, le directeur John Wiggins, et Calvin Spier sur le tabouret de l'extrême gauche.

Le maire présenta Sylvia Dodge, personnage plus essentiel au concours que Travis lui-même. Elle présidait l'Association féminine de Gretna depuis un temps immémorial (depuis le Premier Manassas, d'après certains mauvais esprits), et c'est elle qui surveillait tous les ans la cuisson des tartes, soumettant chacune d'elles à un strict contrôle comprenant une pesée cérémoniale sur la balance de M. Bancichek, le boucher de Freedom Market – ceci pour garantir qu'il n'y ait pas plus de trente grammes d'écart entre les tartes.

Dominant la foule de son sourire royal, ses cheveux bleus papillotant sous l'éclat brûlant des ampoules, Sylvia fit un bref discours : elle était si heureuse que tant de gens soient venus célébrer leurs vaillants ancêtres les pionniers, ceux qui avaient fait de ce pays un grand pays, car *c'était* un grand pays, non seulement au niveau du peuple où le maire Charbonneau allait conduire les républicains locaux aux sièges bénis du conseil municipal en novembre, mais au niveau national où l'équipe de Nixon et de Lodge reprendrait le flambeau de la liberté des mains de notre Glorieux et Bien-aimé Général et le brandirait bien haut pour que...

Le ventre de Calvin Spier gargouilla bruyamment – *goinnngg !* Il y eut quelques applaudissements. Sylvia Dodge, sachant fort bien que Spier était à la fois démocrate et catholique (l'un et l'autre étant pardonnables, mais les deux ensemble, jamais), réussit à la fois à rougir, sourire et prendre un air furieux. Elle s'éclaircit la gorge et claironna une vibrante exhortation à tous les garçons et filles de l'assistance, leur disant de toujours tenir bien haut le rouge, le blanc et le bleu, à la fois dans leurs mains et dans leurs cœurs, et de se souvenir que fumer était une habitude répugnante, nuisible, qui vous faisait tousser. Les garçons et filles de l'assistance, dont la plupart porteraient des badges pacifistes et fumeraient non des Camel mais de la marijuana huit ans plus tard, remuèrent vaguement les pieds en attendant que ça commence vraiment.

« Parler moins, manger plus ! » cria-t-on des derniers rangs, et il y eut une autre salve d'applaudissements – plus sincères cette fois.

Le maire tendit à Sylvia un chronomètre et un sifflet chromé de policier, où elle devrait souffler à la fin des dix minutes. Sur quoi le maire s'avancerait pour lever le bras du vainqueur.

« Êtes-vous *prêts* ? » La voix triomphante d'Hizzoner résonna dans les haut-parleurs et remplit la grande rue.

Les cinq mangeurs de tartes déclarèrent qu'ils étaient prêts.

« Vous y *êtes* ? » demanda encore Hizzoner.

Les mangeurs grommelèrent qu'en effet ils y étaient. Plus loin dans la rue, un gosse fit éclater un chapelet de pétards.

Le maire leva une main boudinée et la laissa retomber. *« PARTEZ ! »*

Cinq têtes plongèrent dans cinq assiettes à tarte. On

eût cru entendre de larges pieds lourdement posés dans la boue. Des bruits de mastication montèrent dans l'air tiède de la nuit, bientôt noyés sous les acclamations de la foule et des parieurs qui encourageaient leurs favoris. La première tarte n'avait pas disparu que la plupart des gens comprirent qu'il y avait du remue-ménage dans l'air.

Gros Lard Hogan, un outsider coté à sept contre un à cause de son âge et de son inexpérience, dévorait comme un possédé. Ses mâchoires démolirent d'abord la croûte comme une mitrailleuse (le règlement n'obligeait à manger que la croûte supérieure, pas le fond de la tarte), et une fois la croûte expédiée, un énorme bruit de succion provint de ses lèvres, tel celui d'un aspirateur industriel. Puis sa tête disparut tout entière dans l'assiette. Il la releva quinze secondes plus tard, le front et les joues barbouillés de jus de mûre, pour montrer qu'il avait fini. On aurait dit un extra dans une troupe de chanteurs nègres. Il avait fini – fini avant que le légendaire Bill Travis ait mangé la *moitié* de sa première tarte.

Des applaudissements stupéfaits jaillirent quand le maire examina l'assiette de Gros Lard et déclara qu'elle était assez propre. Charbonneau glissa une seconde tarte devant l'homme de tête. Gros Lard avait gobé une tarte réglementaire en quarante-deux secondes. C'était un record.

Il s'attaqua à la seconde encore plus furieusement, sa tête tressautant dans la sauce aux mûres, et Bill Travis lui lança un regard inquiet en demandant sa deuxième tarte. Comme il le dit plus tard à ses amis, c'était la première fois qu'il avait vraiment l'impression de faire un concours depuis 1957, quand George Gamache avait englouti quatre tartes en trois minutes avant de tomber raide évanoui. Il s'était demandé s'il avait affaire à un gosse ou à un démon. L'idée de tout l'argent qu'il avait investi le fit redoubler d'énergie.

Mais si Travis avait doublé, Gros Lard avait triplé. Les mûres volaient autour de l'assiette et transformaient la nappe en un tableau de Pollock. Il en avait dans les cheveux, sur son bavoir, collées à son front comme si son effort de concentration le faisait *suer* des mûres.

« Fini ! » s'écria-t-il en relevant la tête avant même que Travis ait mangé la croûte de sa tarte.

« Vaut mieux ralentir, mon gars », murmura Hizzoner. Il avait placé dix dollars sur Travis. « Faut de la mesure si tu veux tenir le coup. »

Ce fut comme si Gros Lard n'avait rien entendu. Il s'enfonça dans la troisième à une allure démente, les mâchoires travaillant à une vitesse fulgurante. Et alors...

Mais je dois m'interrompre un moment pour vous dire qu'il y avait chez Gros Lard un flacon vide dans l'armoire à pharmacie. Dans la journée ce flacon avait été aux trois quarts plein d'huile de ricin jaune d'or, peut-être le liquide le plus infect que notre Seigneur, dans son infinie sagesse, ait autorisé à la surface ou dans les entrailles de la terre. Gros Lard avait vidé le flacon, bu l'huile jusqu'à la dernière goutte et léché le goulot, la bouche tordue, l'estomac révulsé, la tête pleine d'un doux rêve de vengeance.

Et pendant qu'il dévorait à toute vitesse sa troisième tarte (Calvin Spier, bon dernier comme prévu, n'avait pas encore fini sa première), Gros Lard se mit délibérément à se torturer avec des images épouvantables. Ce n'étaient pas des tartes qu'il mangeait, mais des bouses de vache. De grandes bouchées graisseuses d'intestins de rats noirs. Des tripes de marmotte hachées à la sauce aux mûres. De la sauce *rance*.

Il termina sa troisième tarte et demanda la suivante, en avance d'une tarte sur la légende vivante, Bill Travis. La foule inconstante, pressentant la naissance inattendue d'un nouveau champion, se mit à l'acclamer vigoureusement.

Mais Gros Lard n'avait ni l'espoir, ni l'intention de gagner. Il n'aurait pas pu continuer à la même allure, même si la vie de sa mère avait été en jeu. De plus, pour lui, gagner serait une défaite : le seul ruban bleu qu'il voulait, c'était celui de la vengeance. Les entrailles convulsées par l'huile de ricin, l'œsophage pris de soubresauts, il liquida sa quatrième tarte et demanda la cinquième, la Tarte Ultime, la Tarte Sied à Électre en quelque sorte. Il plongea son visage bleui dans l'assiette, brisant la croûte, et aspira des mûres par le nez, en en projetant sur sa chemise. Son estomac lui parut tout d'un coup plus lourd. Il mâcha la croûte pâteuse et l'avala. Il inspira encore des mûres.

Soudain l'heure de la vengeance arriva. Son estomac, surchargé au-delà du possible, se révolta, se resserra comme une main puissante gainée d'un gant de caoutchouc. Sa gorge s'ouvrit.

Gros Lard leva la tête.

De ses dents bleues, il sourit à Travis.

Le vomi remonta en grondant comme un Peterbilt de six tonnes lancé dans un tunnel.

Il jaillit de sa bouche un torrent bleu et jaune, chaud et fumant gaiement, qui submergea Bill Travis, lequel n'eut que le temps d'émettre un son absurde « *Goog !* », quelque chose comme ça. Dans le public, les femmes se mirent à hurler. Calvin Spier, qui avait regardé cette attraction imprévue avec un air de surprise ahurie, se pencha tranquillement sur la table comme s'il allait expliquer aux spectateurs hallucinés ce qui venait de se passer, et vomit sur la tête de Marguerite Charbonneau, la femme du maire. Elle recula en hurlant, essaya futilement d'essuyer ses cheveux couverts d'un mélange de mûres écrasées, de haricots bouillis et de saucisses à moitié digérées (provenant du dîner de Spier), se tourna vers Maria Lavin, sa meilleure amie, et vomit sur la veste en peau de Maria.

L'un après l'autre, très vite, comme une série de pétards.

Bill Travis lança un grand jet de vomi (apparemment concentré) sur les deux premiers rangs de spectateurs, son visage stupéfait proclamant *urbi et orbi, Les mecs, je n'arrive pas à croire que c'est moi.*

Chuck Day, ayant reçu une bonne part de ce cadeau surprise, vomit sur ses Hush Puppies et les regarda ensuite d'un air étonné, sachant très bien que les taches sur le daim ne partiraient *jamais.*

John Wiggins, directeur de l'école primaire, ouvrit ses lèvres ourlées de bleu et dit d'un ton désapprobateur : « Vraiment, ceci ne... *YURRK !* » Comme il convient à un homme de son éducation et de son rang, il vomit dans son assiette.

Hizzoner Charbonneau, qui se retrouvait présider ce qui ressemblait plutôt à un hôpital envahi par la grippe intestinale qu'à un concours de mangeurs de tartes, ouvrit la bouche pour clore la réunion et dégueula sur le micro.

« Jésus, sauvez-nous ! » gémit Sylvia Dodge, mais son dîner révolté – friture de moules, salades de choux, maïs au beurre et au sucre (deux épis), et une grosse part de gâteau au chocolat – fila par la sortie de secours et atterrit avec un grand bruit mouillé dans le dos du maire, sur son habit noir.

Gros Lard Hogan, au point culminant de sa jeune existence, avait un large sourire. Les gens chancelaient, tournaient en rond, comme ivres, se tenant la gorge et poussant de faibles coassements. Un pékinois traversa la scène à toute vitesse, aboyant comme un fou, et un homme en jean avec une chemise western vomit en plein dessus, manquant le noyer. Mme Brockway, l'épouse du prêtre méthodiste, poussa dans les graves un rot bruyant et prolongé suivi par un torrent de rosbif décomposé mêlé de purée et de jus de pomme. Jerry Maling, venu voir son mécano préféré remporter toutes les billes, décida vertueusement de sortir de cette putain de maison de fous. Il ne fit pas quinze mètres avant de trébucher sur un jouet d'enfant, une petite voiture rouge, et de s'étaler dans une flaque de vomi chaud et bilieux. Jerry dégobilla sur ses vêtements et raconta plus tard qu'il avait remercié la providence d'être venu en combinaison de travail. Et Mlle Norman, qui enseignait le latin et l'anglais au lycée de Gretna, vomit dans son propre sac, l'image même de la décence.

Gros Lard regardait le spectacle, son large visage calme et souriant, l'estomac à nouveau tranquille, plein d'une chaleur et d'un bien-être qu'il n'éprouverait peut-être jamais plus – bien-être venant d'un sentiment de satisfaction pleine et entière. Il se leva, prit le micro un peu gluant de la main tremblante du maire Charbonneau, et dit…

17

« “Je prononce un match nul.” Ensuite il repose le micro, descend de l'estrade par-derrière et rentre droit chez lui. Sa mère est là, n'ayant pas trouvé de baby-sitter pour la petite sœur de Davie, qui n'a que deux ans. Et quand il rentre, couvert de vomi et de sauce aux mûres, portant encore son bavoir, elle lui demande. “Davie, tu as gagné ?” Mais il ne dit pas un seul putain de mot, vous voyez. Il monte dans sa chambre, ferme la porte à clef et s'allonge sur son lit. »

J'ai fini la dernière gorgée du Coke de Chris et jeté la bouteille dans les buissons.

« Ouais, c'est cool, alors qu'est-ce qui s'est passé ? a demandé Teddy, impatient.

– Je ne sais pas.

– Qu'est-ce que tu veux dire, tu sais pas ?

– Je veux dire que c'est la fin. Quand on ne sait pas ce qui se passe après, c'est la fin.

– *Quoiiii ?* » s'est écrié Vern avec une expression inquiète, soupçonneuse, comme s'il venait de se faire racler au bingo de la foire de Topsham. « Qu'est-ce que c'est que ces conneries ? Comment ils s'en sont sortis ?

– Tu n'as qu'à te servir de ton imagination, a dit Chris, patient.

– Non, pas moi ! » Vern était en colère. « C'est lui qui est censé se servir de son imagination ! Lui qui a inventé cette foutue histoire !

– Ouais, qu'est-ce qui est arrivé au zèbre ? a insisté Teddy. Allons, Gordie, dis-nous.

– Je crois que son père était au mange-tartes et qu'à son retour il a flanqué une raclée à Gros Lard.

– Ouais, c'est juste, a dit Chris. Je parie que ça s'est passé comme ça.

– Ensuite, ai-je ajouté, les gosses ont continué à l'appeler Gros Lard. Sauf ceux, peut-être, qui l'ont appelé Tripes et Boyaux.

– La fin ne vaut rien, a tristement dit Teddy.

– C'est pour ça que je ne voulais pas la raconter.

– Tu aurais pu faire qu'il descende son père, s'enfuie et s'engage dans les Rangers du Texas, a proposé Teddy. Qu'est-ce que t'en penses ? »

Chris et moi avons échangé un coup d'œil. Presque imperceptiblement, Chris a haussé les épaules.

« Pourquoi pas, ai-je répondu.

– Hé, tu en as d'autres sur Le Dio, Gordie ?

– Pas en ce moment. Peut-être que j'y penserai. » Je ne voulais pas ennuyer Teddy, mais je ne m'intéressais plus guère à ce qui se passait à Le Dio. « Désolé que vous n'ayez pas aimé celle-là.

– Non, c'est une bonne, a dit Teddy. Jusqu'à la fin c'est une bonne. Tout ce dégueulis était vraiment cool.

– Ouais, c'était cool, vraiment dégueu, a dit Vern. Mais Teddy a raison pour la fin. C'est une vacherie.

– Ouais. » J'ai soupiré.

Chris s'est levé. « Si on marchait un peu. » Il faisait encore jour, le ciel était bleu acier, brûlant, mais nos ombres commençaient à traîner loin derrière. En septembre, quand j'étais gosse, je me souviens que les jours me semblaient finir beaucoup trop tôt, me prenant par surprise – comme si dans mon cœur quelque chose voulait que juin dure encore, que la lumière s'attarde dans le ciel jusqu'à neuf heures et demie. « Quelle heure est-il, Gordie ? »

J'ai regardé ma montre, stupéfait de voir qu'il était plus de cinq heures.

« Ouais, allons-y, a dit Teddy. Mais campons avant la nuit pour y voir en allant chercher du bois et des trucs. Et puis je commence à avoir faim.

– À six heures et demie, a promis Chris. Okay pour vous ? »

Ça l'était. On s'est remis à marcher sur le mâchefer, à côté des rails cette fois. Bientôt la rivière a été trop loin pour qu'on l'entende. Les moustiques bourdonnaient, j'en ai écrasé un sur ma nuque. Vern et Teddy marchaient en tête, discutant d'une sorte d'échange de BD très compliqué. Chris est resté à côté de moi, les mains dans les poches, sa chemise lui battant les cuisses et les mollets comme un tablier.

« J'ai quelques Winston, a-t-il dit. Piquées dans la commode de mon vieux. Une chacun. Pour après dîner.

– Ouais ? C'est super.

– C'est là qu'une cigarette a meilleur goût. Après dîner.

– Juste. »

On a marché en silence quelque temps.

« C'est vraiment une belle histoire, a-t-il dit soudain. Ils sont juste un peu trop cons pour comprendre.

– Non, pas si chouette. C'est du rabâché.

– C'est ce que tu dis toujours. Ne me ressers pas ces conneries auxquelles tu ne crois pas. Est-ce que tu vas l'écrire ? L'histoire ?

– Probablement. Mais pas tout de suite. Je ne peux pas l'écrire juste après la leur avoir racontée. Elle attendra.

– Ce qu'a dit Vern ? Que la fin est une vacherie ?

– Ouais ? »

Chris s'est mis à rire. « La vie est une vacherie, tu sais ? Je veux dire, regarde-nous.

– Nan, on s'amuse bien.

– Bien sûr. À chaque putain de moment, merdeux. »

J'ai ri. Lui aussi.

« Ça sort de toi comme des bulles d'une bouteille de soda », a-t-il dit au bout d'un temps.

« Quoi ça ? » Mais je croyais savoir de quoi il parlait.

« Tes histoires. Ça me dépasse, mec. C'est comme si tu pouvais en raconter un million et qu'il y en ait autant derrière. Un jour tu seras un grand écrivain, Gordie.

– Non, je ne crois pas.

– Ouais, c'est vrai. Même que tu écriras peut-être sur nous, quand tu seras à court de matériaux.

– Faudrait que je sois foutrement à court. » Je lui ai donné un coup de coude.

Il y a eu un autre silence, puis il m'a brusquement demandé : « Tu es prêt pour la rentrée ? »

J'ai haussé les épaules. Est-ce qu'on l'était jamais ? On s'excitait un peu en pensant à retrouver les copains, on était un peu curieux de voir à quoi ressemblaient les nouveaux profs – de jolies petites choses à peine sorties de la fac qu'on pourrait chahuter ou un vieux cure-dents resté en place depuis la bataille d'Alamo. D'une drôle de façon on pouvait même s'exciter en pensant aux cours interminables, parce que parfois, vers la fin des grandes vacances, on s'ennuyait assez pour croire qu'on allait apprendre quelque chose. Mais l'ennui des vacances n'est rien à côté de l'ennui de la classe qui s'installe immanquablement au bout de quinze jours, et au début de la troisième semaine on s'attaque aux questions sérieuses : Pourrais-je toucher Stinky Fiske derrière le crâne avec mon Art-Gum pendant que le prof inscrit au tableau les principales exportations de l'Amérique du Sud ? Combien de bons miaulements je peux tirer du bureau verni avec des mains pleines de sueur ? Qui va péter le plus fort dans les vestiaires pendant qu'on se change pour la gym ? Combien de filles je peux amener à jouer au docteur pendant l'heure du déjeuner ? L'enseignement supérieur, baby.

« Le grand lycée, a dit Chris. Et tu sais quoi, Gordie ? En juin, on sera tous séparés.

– De quoi tu parles ? Pourquoi ça ?

– Ça va pas être comme dans le primaire, voilà pourquoi. Tu seras dans les classes qui préparent au collège. Moi, Teddy et Vern on sera dans les classes de commerce, on jouera au billard avec les autres retardés, on fera des cendriers et des cages à oiseaux. Vern devra peut-être même aller en rattrapage. Tu vas rencontrer plein de nouveaux. Des mecs intelligents. C'est comme ça que ça se passe, Gordie. C'est comme ça que c'est fabriqué.

– Rencontrer plein de pauvres types, c'est ça que tu veux dire. »

Il m'a serré le bras. « Non, mec. Ne dis pas ça. Ne le pense même pas. Ils pigeront tes histoires. Pas comme Vern et Teddy.

– Tant pis pour les histoires. Je ne vais pas me taper une bande de pauvres types. Non monsieur.

– Si tu le fais pas, t'es un trouduc.

– Trouduc parce que je veux rester avec mes copains ? »

Il m'a regardé, pensif, comme s'il se demandait s'il allait ou non me dire quelque chose. On avait ralenti, Vern et Teddy étaient presque un kilomètre devant nous. Le soleil avait baissé, ses rayons brisés, poudreux, traversaient les branches entrelacées, tout était baigné d'une lumière dorée – mais c'était du toc, de l'or de supermarché, si vous pouvez piger ça. Les rails s'allongeaient devant nous dans l'ombre qui s'amassait, on aurait dit qu'ils scintillaient, parsemés ici et là de points lumineux comme si un riche un peu timbré déguisé en ouvrier avait décidé de sertir un diamant dans l'acier tous les soixante mètres. Il faisait encore chaud. La sueur coulait, on avait la peau glissante.

« C'est trouduc quand tes copains te tirent vers le bas, a-t-il fini par dire. Je sais ce qui se passe avec tes vieux. Ils n'ont rien à foutre de toi. C'est à ton grand frère qu'ils tenaient. Comme mon père, quand Frank a été foutu en taule à Portsmouth. C'est là qu'il s'est mis à nous crier dessus et à nous cogner sans arrêt. Ton vieux ne te tape pas dessus, mais c'est peut-être pire. Il t'a endormi. Tu pourrais lui dire que tu t'engages dans l'armée des putains de magasiniers, tu sais ce qu'il ferait ? Il tournerait la page de son journal et dirait : Bon, mais c'est très bien, Gordie, va demander à ta mère ce qu'il y a pour dîner. Et ne me dis pas le contraire. Je le connais. »

Je n'ai pas essayé de lui dire le contraire. Ça fait peur quand on découvre que quelqu'un d'autre, même un ami, sait exactement où vous en êtes.

« Tu n'es qu'un gosse, Gordie...

– Ouh, merci papa.

– Putain, je voudrais bien être ton père ! » Chris était en colère. « Tu ne parlerais pas un peu partout de t'inscrire à ces conneries de cours de commerce si je l'étais ! C'est comme si Dieu t'avait fait un don, toutes ces histoires que tu peux inventer, et qu'il t'avait dit : Voilà ce qu'on a pour toi, môme. Essaye de ne pas le perdre. Mais les mômes perdent n'importe quoi quand il n'y a pas quelqu'un pour veiller sur eux, et si tes parents sont trop baisés pour le faire alors ça devrait peut-être être moi. »

Il avait l'air de s'attendre à ce que je lui lance un coup de poing, le visage dur et malheureux teinté d'or vert par le soleil de fin d'après-midi. Il avait brisé la règle fondamentale des gosses de cette époque. On pouvait dire n'importe quoi sur un gosse, on pouvait le traîner dans la boue, mais on ne pouvait rien dire contre son père et sa mère. Un automatisme premier, de même que de ne pas inviter des amis catholiques à dîner un vendredi soir sans s'assurer qu'il n'y avait pas de viande au repas est un automatisme premier. Si un gosse se foutait de vos parents, on était obligés de le bosseler un peu.

« Ces histoires que tu racontes, elles ne valent rien pour personne sauf toi, Gordie. Si tu vas avec nous seulement parce que tu ne veux pas que la bande se sépare, tu vas te retrouver dans la troupe de ceux qui font des C pour monter des équipes. Tu vas entrer au lycée, suivre les mêmes putains de cours commerciaux, lancer des gommes et traîner ta flemme avec le reste de l'infanterie. T'auras des colles, des *suspensions*. Et au bout d'un temps tout ce que tu voudras c'est avoir une bagnole pour emmener une fendue au pince-fesses ou à cette putain de Taverne-des-Deux-Ponts. Ensuite tu la foutras en cloque et tu passeras le restant de ta vie à la filature, dans un putain de magasin de chaussures à Auburn ou peut-être même à Hill-crest en train de plumer des poulets. Et cette histoire de tartes ne sera jamais écrite. *Rien* ne sera jamais écrit. Parce que tu ne seras qu'un petit malin de plus avec la tête pleine de merde. »

Chris Chambers avait douze ans quand il m'a dit tout ça. Mais pendant qu'il parlait son visage se fripait, prenait les plis d'un homme plus vieux, très vieux, sans âge. Il parlait d'une voix monotone, sans couleur, et pourtant il me mettait la peur au ventre. C'était comme s'il avait déjà vécu cette vie-là, cette vie où on vous dit de monter pour lancer la Roue de la Fortune – c'est si joli quand elle tourne, mais un type appuie sur une pédale et elle s'arrête au double zéro, la banque, tout le monde perd. On vous donne un laissez-passer et on met en route la machine à pluie, très drôle, huh, même Vern Tessio peut trouver que c'est une bonne blague.

Il m'a pris le bras et ses doigts se sont imprimés sur ma peau nue. Ils ont tracé des sillons. Ils ont creusé les os. Il avait les paupières lourdes, les yeux morts – à tel point, mec, qu'on aurait dit qu'il venait de tomber de son cercueil.

« Je sais ce que les gens pensent de ma famille dans cette ville. Je sais ce qu'ils pensent de moi et ce à quoi ils s'attendent. Personne ne m'a même *demandé* si j'avais pris l'argent du lait, cette fois-là. On m'a juste exclu trois jours.

– Est-ce que tu l'as pris ? » ai-je dit. Je ne le lui avais jamais demandé, et si quelqu'un m'avait dit que je le ferais un jour, je l'aurais traité de fou. Les mots sont sortis sèchement, comme une balle.

« Ouais, a-t-il dit. Ouais, je l'ai pris. » Il n'a rien dit quelques instants, les yeux fixés sur Teddy et Vern, au loin. « Tu savais que je l'avais pris, Teddy le savait, *tout le monde* le savait. Même Vern, je pense. »

J'ai failli nier, puis j'ai fermé la bouche. Il avait raison. Peu importe que j'aie dit à mes parents qu'une personne était présumée innocente avant que sa culpabilité soit prouvée, je l'avais su.

« Et puis peut-être que je l'ai regretté, que j'ai essayé de le rendre », a dit Chris.

Je l'ai regardé en ouvrant de grands yeux. « Tu as essayé de le *rendre* ?

– *Peut-être*, j'ai dit. Seulement *peut-être*. Et je l'ai peut-être rapporté à la vieille Mme Simons en le lui avouant, et peut-être qu'il y avait tout l'argent mais que j'ai eu *quand même* trois jours d'exclusion parce que l'argent n'a jamais reparu. Et peut-être qu'une semaine après la vieille Mme Simons a mis une jupe neuve pour venir à l'école. »

Je l'ai regardé, muet de terreur. Il m'a souri, mais d'un sourire éteint, horrible, qui n'atteignait pas ses yeux.

« Seulement *peut-être*, mais quand j'ai vu cette jupe neuve – en drap marron clair, assez épais – je me souviens d'avoir pensé que cela faisait paraître la vieille Mme Simons plus jeune, presque jolie.

– Chris, c'était combien, l'argent du lait ?

– Presque sept dollars.

– Chris, ai-je murmuré.

– Alors disons simplement que j'ai vraiment volé l'argent du lait mais que la vieille Mme Simons me l'a volé. Imagine que je raconte cette histoire. Moi, Chris Chambers. Petit frère de Frank Chambers et de Les Mirettes. Tu crois qu'il y aurait eu quelqu'un pour y croire ?

– Certainement pas. »

Il a refait son affreux sourire glacé. « Et crois-tu que cette garce aurait tenté un coup pareil si c'était un de ces galetteux de Castle View qui avait pris l'argent ?

– Non.

– Ouais, si j'avais été un de ceux-là, Simons m'aurait dit : Okay, okay, on passe l'éponge pour cette fois, mais on va sérieusement te tirer l'oreille, et si jamais tu recommences on te tirera les *deux* oreilles. Mais *moi*... bon, peut-être qu'elle lorgnait cette jupe depuis longtemps. En tout cas elle a vu l'occasion et elle a sauté dessus. C'est moi qui étais stupide en essayant de rendre le fric. Mais je n'aurais jamais cru... je n'aurais jamais cru qu'un *professeur*... oh, qui s'en fout, de toute façon. Pourquoi même est-ce que j'en parle ? »

Il s'est essuyé rageusement les yeux avec son bras et j'ai vu qu'il pleurait presque.

« Chris, ai-je dit, pourquoi tu ne suivrais pas les cours du collège ? Tu es assez intelligent.

– Ils décident tout ça dans leur bureau. Et dans leurs petites réunions distinguées. Les profs, ils sont tous assis en rond et putain tout ce qu'ils disent c'est Ouais, Ouais, Juste, Juste. Ces enculés veulent juste savoir comment tu t'es conduit à l'école et ce que la ville pense de ta famille. Tout ce qu'ils décident c'est si tu vas ou non contaminer tous leurs petits gosses de riches à la fac. Mais j'essayerai peut-être de me préparer. Je ne sais pas si je pourrai y arriver, mais j'essayerai peut-être. Parce que je veux sortir de Castle Rock, aller à l'université et ne plus jamais voir de ma vie mon vieux ni mes frères. Je veux aller quelque part où personne ne me connaît et où je n'ai pas de mauvaises notes avant même de commencer. Mais je ne sais pas si je pourrai.

– Pourquoi pas ?

– À cause des autres. Les autres vous tirent vers le bas.

– Qui ? » ai-je demandé, croyant qu'il parlait des professeurs, des monstres comme Mme Simons qui voulait une jupe neuve, ou peut-être de son frère Bigeye qui traînait avec Ace, Billy, Charlie et le reste, ou peut-être son père et sa mère.

Mais il a dit : « Tes amis te tirent vers le bas, Gordie. Tu ne le sais pas ? » Il m'a montré Vern et Teddy qui s'étaient arrêtés pour nous attendre. Quelque chose les faisait rire, Vern était même plié en deux. « Tes amis. Comme des types qui se noient et qui se cramponnent à tes jambes. Tu ne peux pas les sauver. Tu peux seulement te noyer avec eux.

– Allons, putain de traîne-culs ! a crié Vern, qui riait toujours.

– Ouais, on arrive ! » a répondu Chris, et avant que je puisse dire un mot il s'est mis à courir. Moi aussi, mais il les a rattrapés avant moi.

18

On a marché encore un kilomètre et demi et on a décidé de camper pour la nuit. Il y avait encore un peu de jour, mais personne n'avait vraiment envie de continuer. L'épisode de la décharge et notre terreur sur la passerelle nous avaient lessivés, mais c'était plus que ça. Nous étions maintenant dans Harlow, au milieu de la forêt. Il y avait plus loin le cadavre d'un gosse, probablement mutilé et couvert de mouches. Et de vers, depuis tout ce temps. Aucun de nous ne voulait en être trop près à la tombée de la nuit. J'avais lu quelque part – dans une nouvelle d'Algernon Blackwood, je crois – que le fantôme d'un mort reste autour du cadavre tant qu'on ne lui a pas fait des funérailles chrétiennes, et il n'était pas question que je me réveille au milieu de la nuit devant le spectre désincarné, luminescent de Ray Brower, que je le voie flotter parmi les pins obscurs et bruissants, poussant des gémissements et des sons inarticulés. On s'était dit qu'il nous restait bien quinze kilomètres avant de le trouver, et si bien sûr aucun de nous ne croyait aux fantômes, ces quinze kilomètres nous semblaient une bonne marge au cas où on se serait trompés.

Vern, Chris et Teddy ont ramassé du bois et allumé un petit feu sur le bas-côté. Chris a dénudé le terrain tout autour – la forêt était sèche comme de l'amadou, et il ne voulait pas prendre de risques. Pendant ce temps j'ai aiguisé quelques bouts de bois et j'ai fait ce que mon frère Dennis appelait des « brochettes de pionnier » – des boulettes de viande hachée enfilées sur le bois vert. Tous les trois se disputaient en riant à propos de leurs talents d'homme des bois (qui étaient quasi nuls ; il y avait bien une troupe de boy-scouts à Castle Rock, mais la plupart des gosses qui traînaient autour de notre terrain vague trouvaient que c'était une bande de mauviettes). Ils discutaient pour savoir s'il valait mieux cuire la viande sur les flammes ou sur les braises (par principe, car nous avions trop faim pour attendre les braises) ; si on pouvait allumer le feu avec de la mousse sèche ; ce qu'ils feraient s'ils n'avaient plus d'allumettes avant que le feu n'ait pris. Teddy prétendait savoir faire un feu en frottant deux bâtons l'un contre l'autre. Chris lui a dit qu'il était si plein de merde qu'elle lui sortait par les yeux.

Ils n'ont pas eu besoin d'essayer ; la seconde allumette de Vern a fait prendre le petit tas de mousse et de brindilles. L'air était immobile, aucun coup de vent ne risquait d'éteindre le feu. Nous avons soufflé l'un après l'autre sur les flammes minuscules, et elles se sont mises à dévorer les branches sèches prises à un arbre mort trente mètres plus loin.

Quand les flammes ont commencé à diminuer, j'ai planté mes baguettes en biais dans le sol et nous avons regardé les brochettes de pionnier frémir, suer du sang et finalement brunir. Nos estomacs faisaient la conversation.

Incapables d'attendre qu'elles soient vraiment cuites, nous avons chacun pris une brochette, mis la viande dans un pain rond et retiré la baguette d'un coup sec. L'extérieur était carbonisé, l'intérieur complètement cru, le tout était délicieux. On les a engloutis en s'essuyant la bouche de nos bras nus. Chris a ouvert son sac et en a tiré une boîte à pansements en fer-blanc (le revolver est resté au fond du sac ; comme il n'en avait pas parlé aux autres, je me suis dit que c'était notre secret). Il l'a ouverte et nous a donné à chacun une Winston un peu aplatie. Nous les avons allumées avec des brindilles et nous sommes rassis comme des hommes, contemplant la fumée qui s'élevait dans la douceur du crépuscule.

On n'avalait pas la fumée : ça nous aurait fait tousser et on se serait fait charrier au moins deux jours par les autres. Il nous suffisait d'aspirer, de souffler la fumée, de cracher dans le feu pour l'entendre grésiller (cet été-là j'ai appris à reconnaître ceux qui commencent à fumer : au début on crache beaucoup). Tout allait bien. On a fumé les Winston jusqu'au filtre et on les a jetées dans le feu.

« Rien de tel que fumer après le repas, a dit Teddy.

– Putain, oui », a dit Vern.

Dans la pénombre verte les criquets commençaient à chanter. J'ai regardé la trouée de ciel visible au-dessus des voies, vu que le bleu, blessé, virait au pourpre. La vision de cet éclaireur de la nuit m'a fait me sentir à la fois triste et calme, courageux sans l'être, solitaire mais à l'aise.

Nous avons aplati les buissons en les piétinant et nous avons déroulé nos couvertures près du talus. Ensuite, pendant une heure ou deux, on a parlé en jetant du bois dans le feu, le genre de bavardage dont on ne se souvient pas quand on a dépassé quinze ans et découvert les filles. On se demandait qui était le meilleur joueur de Castle Rock, si cette année Boston allait sortir du noir, on parlait de l'été précédent. Teddy nous a raconté qu'il était allé à la Plage blanche de Brunswick un jour où un gosse s'était cogné la tête en plongeant et avait failli se noyer. Nous avons longuement discuté des mérites respectifs de nos professeurs. M. Brooks, nous étions d'accord, était la plus grosse lopette de l'école primaire – c'est tout juste s'il ne pleurait pas quand on le chahutait. Par contre Mme Cote (prononcez Cody) était la plus sale garce que Dieu ait jamais mise sur terre. Vern avait entendu dire qu'elle avait giflé un môme, deux ans plus tôt, et que le môme avait failli rester aveugle. J'ai regardé Chris, me demandant s'il allait parler de Mlle Simons, mais il n'a rien dit, et il ne m'a pas vu me tourner vers lui – il regardait Vern, hochant sobrement la tête pour ponctuer son histoire.

La nuit se rapprochait, on ne parlait pas de Ray Brower, mais je n'arrêtais pas d'y penser. La nuit, en forêt, tombe d'une façon à la fois horrible et fascinante, sans être atténuée par les phares, les lampadaires ou les lumières des maisons, sans être annoncée par les voix des mères criant à leurs enfants de rentrer immédiatement à la maison. Quand on est de la ville, les ténèbres qui envahissent les bois ressemblent plutôt à une calamité naturelle qu'à un phénomène naturel, comme les crues de printemps de la rivière Castle.

Ce que j'éprouvais en pensant au corps de ce gosse n'était ni du dégoût, ni la crainte qu'il apparaisse brusquement devant nous, spectre vert et grimaçant qui s'efforcerait de nous faire repartir pour qu'on le laisse en paix, mais c'était une pitié soudaine et imprévue à me dire qu'il était seul et sans défense dans l'obscurité qui venait recouvrir notre partie du monde. Qu'une chose veuille dévorer son corps, personne n'était là pour l'en empêcher, ni sa mère, ni son père, ni Jésus-Christ avec tous ses saints. Il était mort et il était seul, jeté dans un fossé, et je me suis dit que j'allais pleurer si je n'arrêtais pas d'y penser.

Alors j'ai raconté une histoire sur Le Dio, inventée sur place, pas très bonne, finissant comme la plupart avec un dernier troufion américain crachant une ultime déclaration de patriotisme et d'amour pour la fille restée au pays, sous le regard sage et triste de son sergent, mais dans ma tête je ne voyais pas le visage blanc et terrifié d'un soldat venu de Castle Rock ou de River Junction mais celui d'un garçon beaucoup plus jeune, déjà mort, les yeux fermés, les traits confus, une traînée de sang coulant du coin de sa bouche le long de son menton. Et derrière lui, au lieu des boutiques et des églises en ruine de mon Le Dio de rêve, je ne voyais qu'une forêt obscure où la voie de chemin de fer, surélevée, se détachait sur le ciel étoilé comme un tumulus préhistorique.

19

Je me suis réveillé au milieu de la nuit, désorienté, me demandant pourquoi il faisait si froid dans ma chambre et qui avait laissé les fenêtres ouvertes. Dennis, peut-être. J'avais rêvé de Dennis, une histoire de body-surf au parc d'État de Harrison. Mais il y avait quatre ans que ça s'était passé.

Ce n'était pas ma chambre, c'était ailleurs. Quelqu'un me serrait étroitement de ses bras, quelqu'un d'autre se pressait contre mon dos, et l'ombre d'un troisième était accroupie derrière, la tête inclinée comme pour écouter.

« Bordel, c'est quoi ? » J'étais vraiment étonné.

Un long gémissement étouffé m'a répondu ; on aurait dit Vern.

Ce qui a remis les choses en place, et je me suis souvenu d'où j'étais... mais qu'est-ce qu'ils faisaient tous, éveillés en pleine nuit ? Ou est-ce que je venais seulement de m'endormir ? Non, impossible, un mince croissant de lune était monté en plein milieu d'un ciel d'encre.

« Ne le laissez pas me prendre ! bredouillait Vern. Je jure que je serai sage, que je ne ferai rien de mal, je relèverai le siège avant de pisser, je... je... » Avec une certaine stupéfaction, j'ai compris que j'entendais une sorte de prière – ou du moins ce qui en tenait lieu pour Vern Tessio.

Je me suis assis d'un coup, pris de peur. « Chris ?

– Ferme-la, Vern », a dit Chris. C'était lui qui écoutait, accroupi. « Ce n'est rien.

– Oh si, a dit Teddy d'une voix inquiétante. C'est quelque chose.

– *Qu'est-ce que c'est ?* » ai-je demandé, encore endormi, troublé, déplacé dans l'espace et dans le temps. J'avais peur d'arriver trop tard dans ce qui se passait – trop tard pour me défendre, peut-être.

Alors, comme pour répondre à ma question, un long cri traînant et caverneux s'est élevé de la forêt – comme le cri d'une femme qui mourrait dans une terreur et une souffrance extrêmes.

« Oh Seigneur ! » Vern pleurnichait d'une voix aiguë, pleine de larmes. Il a resserré l'étreinte qui m'avait réveillé, m'empêchant de respirer et me faisant encore plus peur. Je me suis dégagé de force mais il s'est remis contre moi comme un chiot n'ayant nulle part où aller.

« C'est le môme Brower, a murmuré Teddy, la voix enrouée. Son fantôme se promène dans les bois !

– Oh mon dieu ! » a hurlé Vern, que cette idée n'avait pas l'air de rendre fou de joie. « Je promets que je piquerai plus de bouquins cochons chez Dahlie ! Je promets que je ne donnerai plus mes carottes au chien ! Je... Je... Je... » Là il a bafouillé, voulant soudoyer Dieu mais trop effrayé pour trouver quoi que ce soit de valable. *« Je ne fumerai plus de cigarettes sans filtre ! Je ne dirai plus de gros mots ! Je ne mettrai pas mon Bazooka dans le plateau de la quête ! Je ne...*

– Ferme-la, Vern », mais sous le ton dur et autoritaire que prenait Chris j'entendais résonner une sorte de respect craintif. Je me suis demandé s'il avait les bras, le dos et le ventre hérissés de chair de poule, comme moi, et si les cheveux de sa nuque essayaient de se dresser comme des piquants, comme les miens.

Vern se mit à murmurer pour exposer les réformes qu'il allait instituer si seulement Dieu lui accordait de survivre à cette nuit.

« C'est un oiseau, non ? ai-je demandé à Chris.

– Non. Du moins je ne pense pas. Je crois que c'est un chat sauvage. Mon vieux dit qu'ils gueulent comme si on les égorgeait quand ils sont en chaleur. On dirait une femme, hein ?

– Ouais. » Ma voix s'est brisée au milieu du mot et deux cubes de glace sont tombés dans l'intervalle.

« Mais aucune femme ne crierait aussi fort, a dit Chris... avant d'ajouter, impuissant : Tu ne crois pas, Gordie ?

– C'est son fantôme », a encore murmuré Teddy. Ses lunettes reflétaient la lune, deux taches claires à peine visibles, rêveuses. « Je vais aller le chercher. »

Je ne pense pas qu'il parlait sérieusement, mais nous n'avons pris aucun risque. Quand il a voulu se lever, Chris et moi l'avons rejeté par terre. Nous y sommes peut-être allés un peu fort, mais la peur nous avait raidi les muscles comme des câbles.

« Laissez-moi me lever, têtes de nœud ! a sifflé Teddy en se débattant. Si je dis que j'veux aller le chercher, alors j'vais aller le chercher ! J'veux le voir ! J'veux voir le fantôme ! J'veux voir si... »

Le cri sauvage, plaintif, s'est élevé à nouveau dans la nuit, fendant l'air comme une lame de cristal. Nous nous sommes figés, les mains sur Teddy – s'il avait été un drapeau, on aurait eu l'air de cette photo des marines prenant possession d'Iwo Jima. Le hurlement a escaladé les octaves avec une facilité dingue, atteint finalement un plateau glacé, vitrifié, où il a plané un moment avant de redescendre en spirale et de disparaître dans un registre impossible, la basse d'une abeille gigantesque. Puis il y a eu comme une explosion de rire dément… et le silence est revenu.

« Bon dieu », a murmuré Teddy, et il n'a plus parlé d'aller voir dans les bois *qui* poussait ces hurlements. Nous nous sommes serrés les uns contre les autres, tous les quatre, et j'ai pensé m'enfuir. Je n'ai pas dû être le seul. Si on avait campé dans le pré de chez Vern – là où nos parents croyaient que nous étions –, on se serait probablement sauvés. Mais Castle Rock était trop loin, et l'idée de repasser cette passerelle en courant dans le noir me glaçait le sang. S'enfoncer dans Harlow et se rapprocher du cadavre était également impensable. On était coincés. S'il y avait un horla dans les bois – ce que mon père appelait un Goosalum – et qu'il voulait nous avoir, il avait toutes les chances d'y arriver.

Chris a proposé qu'on monte la garde, et on a tous été d'accord. On a joué les tours de garde à pile ou face, Vern a eu le premier, moi le dernier. Vern s'est assis en tailleur près des braises noircies et nous nous sommes recouchés, serrés comme des moutons.

J'étais sûr de ne pas pouvoir dormir, mais j'ai dormi – d'un sommeil léger, difficile, glissant à travers l'inconscient comme un sous-marin avec son périscope levé. Mes rêves à demi endormis étaient peuplés de cris sauvages, réels ou imaginés. Je voyais, ou croyais voir, quelque chose de blanc et d'informe serpenter entre les arbres comme un drap de lit baladeur et grotesque.

Finalement j'ai glissé dans ce que je savais être un rêve. Chris et moi étions allés nager à la Plage blanche, une carrière transformée en lac miniature quand les ouvriers avaient atteint le niveau de l'eau. C'était là que Teddy avait vu un gosse se cogner la tête et manquer se noyer.

Dans mon rêve on était en pleine forme et on nageait paresseusement avec le soleil de juillet au-dessus de nos têtes. Derrière nous, sur le radeau, on entendait des cris, des rires et des hurlements quand les gosses grimpaient, plongeaient, regrimpaient ou se faisaient pousser à l'eau. J'entendais les vieux bidons d'essence qui soutenaient le radeau se heurter et résonner – un peu comme des cloches d'église, solennelles, au son profond et vide. Sur la plage de sable mêlé de gravier, des corps huilés étaient allongés sur des couvertures, le dos en l'air, les tout-petits avec leurs seaux s'accroupissaient au bord de l'eau ou restaient assis, heureux de s'envoyer de la boue dans les cheveux avec leurs pelles en plastique, tandis que les adolescents s'agglutinaient, souriants, regardant les jeunes filles faire des allers et retours infinis par paires ou par trios, jamais seules, les endroits secrets de leurs corps dissimulés sous des maillots blindés. Des gens remontaient le sable brûlant sur la pointe des pieds, en grimaçant, vers le snack-bar. Ils revenaient avec des chips, des hot dogs, des pommes d'amour.

Mme Cote a flotté près de nous sur un radeau gonflable, allongée sur le dos, vêtue de sa tenue habituelle de septembre à juin à l'école : un tailleur gris, avec un pull-over épais au lieu d'un corsage sous sa veste, une fleur épinglée sur un sein presque inexistant, et sur les jambes des gros bas à varices vert canada. Ses hauts talons noirs de vieille dame traînaient dans l'eau, traçant deux petits V. Elle avait les cheveux passés au bleu, comme ma mère, coiffés en boucles serrées comme des ressorts, dégageant une odeur de médicament. Le soleil se reflétait violemment sur ses lunettes.

« Marchez droit, les garçons, dit-elle. Marchez droit ou je vous cognerai assez fort pour vous rendre aveugles. Je peux le faire : le conseil de l'école m'en a donné le pouvoir. Maintenant, monsieur Chambers, *Mending Wall*, s'il vous plaît. Par cœur.

– J'ai voulu rendre l'argent, a dit Chris. La vieille Mlle Simons a dit okay, mais elle l'a *pris !* Vous m'entendez ? Elle l'a pris ! Alors qu'est-ce que vous allez faire ? Est-ce que vous allez la rendre aveugle ?

– *Mending Wall*, monsieur Chambers, s'il vous plaît. Par cœur. »

Chris m'a lancé un regard impuissant, comme pour dire : *Je ne t'avais pas dit que ce serait comme ça ?* et il s'est mis à nager sur place. Il a récité : « Il y a quelque chose qui n'aime pas un mur, qui fait se gonfler en dessous le sol gelé... » Et puis sa tête s'est enfoncée, sa bouche s'est remplie d'eau alors qu'il récitait.

Il a reparu en criant : « Aide-moi, Gordie ! Aide-moi ! »

Et il s'est enfoncé à nouveau. En baissant les yeux dans l'eau transparente j'ai vu deux cadavres nus et enflés qui lui tenaient les chevilles. L'un était Vern et l'autre Teddy, leurs yeux ouverts, lisses et sans pupilles comme ceux des statues grecques. Leurs petits pénis prépubères s'élevaient mollement au-dessus de leurs ventres gonflés comme des algues albinos. La tête de Chris a refait surface. Il m'a tendu une main sans force et poussé un cri de femme qui a monté vers l'aigu, de plus en plus haut, faisant vibrer l'air ensoleillé. J'ai jeté un regard affolé vers la plage, mais personne n'entendait rien. Le maître-nageur, son corps athlétique et bronzé vautré dans une pose séduisante sur un siège, en haut de sa tour en poutrelles croisées et peintes en blanc, continuait à sourire à une fille en maillot rouge, en bas. Le hurlement de Chris s'est changé en gargouillement étranglé quand les cadavres l'ont à nouveau tiré vers le bas. Tandis qu'ils l'entraînaient vers les eaux noires je voyais ses yeux déformés par les vagues se tourner vers moi, douloureux et suppliants, je voyais ses mains blanches, étoiles de mer tendues, impuissantes, vers le toit d'eau écrasé de soleil. Mais au lieu de plonger, d'essayer de le sauver, j'ai nagé comme un fou vers la rive, ou au moins vers un endroit où l'eau ne me recouvrirait pas la tête. Avant que j'y arrive – que je puisse même en approcher –, j'ai senti une main molle, pourrie, implacable, m'enserrer la cheville et se mettre à tirer. Un cri s'est accumulé dans ma poitrine... mais avant que je puisse le pousser, le rêve s'est dissous dans une image graineuse de la réalité. Teddy avait la main sur ma jambe. Il me secouait pour me réveiller. C'était mon tour.

Encore à moitié dans mon rêve, presque somnambule, je lui ai demandé d'une voix engourdie : « T'es vivant, Teddy ?

– Non. Je suis mort et tu es noir comme l'enfer », m'a-t-il répondu sèchement, ce qui a dissipé le reste du rêve. Je me suis assis près du feu et Teddy s'est couché.

20

Les autres ont dormi d'un sommeil de plomb le restant de la nuit. J'ai sommeillé, me suis éveillé, j'ai sommeillé encore, dans un silence tout relatif. J'ai entendu le cri rauque et perçant de la chouette triomphante qui plongeait sur sa proie, le cri minuscule d'un animal qui allait peut-être se faire manger, le bruit d'une bête plus grosse se débattant violemment dans les broussailles, et en fond sonore le crissement incessant des criquets. Puis les cris se sont tus. Je suis allé du sommeil à la veille, de la veille au sommeil, et si on m'avait pris à être aussi négligent pendant mon tour de garde, à Le Dio, je serais passé en conseil de guerre et j'aurais probablement été fusillé.

Un sursaut m'a fait émerger un peu plus clairement et je me suis rendu compte que quelque chose avait changé. Il me fallut quelques instants pour comprendre :

la lune s'était couchée, mais je pouvais voir mes mains posées sur mon jean. Ma montre indiquait cinq heures moins le quart. C'était l'aube.

Je me suis levé, j'ai entendu craquer mes vertèbres, je suis allé à quelques mètres des corps englués de sommeil de mes amis et j'ai pissé dans une touffe de vinaigriers. Je commençais à secouer les peurs de la nuit, je les sentais glisser sur moi. Sensation très agréable.

J'ai grimpé vers les voies et je me suis assis sur un rail, donnant machinalement des coups de pied dans le ballast, peu pressé de réveiller les autres. À ce moment précis le jour tout neuf était trop beau pour être partagé.

Le matin est venu à son pas. Le bruit des criquets a baissé, les ombres sous les arbres et les buissons se sont évaporées comme des flaques après une averse. L'air avait cette absence singulière de saveur qui annonce le dernier d'une série de jours de grande chaleur. Des oiseaux, qui s'étaient peut-être comme nous terrés toute la nuit, se sont mis à gazouiller d'un air important. Un roitelet s'est posé en haut du tas de branches où nous avions pris le bois pour notre feu, s'est lissé les plumes et s'est envolé.

Je ne sais pas combien de temps je suis resté assis sur ce rail, à regarder la pourpre quitter le ciel aussi silencieusement qu'elle y était venue le soir précédent. Assez longtemps pour avoir mal aux fesses, en tout cas. J'allais me lever quand j'ai regardé sur ma droite et j'ai vu un cerf debout sur la voie à moins de dix mètres.

Mon cœur a bondi dans ma gorge, si haut que j'aurais pu mettre une main dans ma bouche et le toucher. Une sorte de chaleur sèche et dure a rempli mon ventre et mon sexe. Je n'ai pas bougé. Si je l'avais voulu, je n'aurais pas pu. Le cerf n'avait pas les yeux marron mais noirs, d'un noir poudreux – le velours qu'on voit derrière les bijoux dans les vitrines. Ses oreilles étaient en daim, un peu éraflé. Il me regardait calmement, la tête un peu inclinée avec ce que j'ai pris pour de la curiosité à voir un garçon avec une tignasse emmêlée et hérissée de sommeil, portant un jean retroussé au bas et une chemise kaki aux coudes reprisés et au col relevé suivant la tradition des voyous de l'époque. Ce que je voyais, moi, c'était un don, quelque chose qui m'était donné avec une stupéfiante insouciance.

Nous nous sommes longuement regardés... je *pense* que ça a duré longtemps. Puis il s'est retourné et il est passé de l'autre côté des voies, remuant négligemment sa courte queue blanche. Il a trouvé de l'herbe et s'est mis à brouter. Je n'en croyais pas mes yeux. Il s'est mis à *brouter*. Il ne m'a plus regardé, et il avait raison : j'étais cloué sur place.

Alors le rail s'est mis à vibrer sous mes fesses. Au bout de quelques secondes, à peine, le cerf a relevé la tête, droit vers Castle Rock. Il est resté immobile, les narines noires et frémissantes, humant l'air. Puis il est parti en trois bonds dégingandés, disparaissant dans la forêt sans autre bruit que celui d'une branche morte qui se brisa avec le claquement d'un pistolet de starter aux courses.

Je suis resté au même endroit, fixant d'un regard fasciné l'endroit où il avait disparu, jusqu'à ce que le vrai bruit du train brise le silence matinal. Alors j'ai glissé au bas du talus et rejoint le campement.

Le fracas des wagons lourdement chargés a réveillé les autres. Ils ont bâillé, se sont grattés. Un peu nerveux, on a vaguement parlé de l'« affaire du fantôme hurleur », comme a dit Chris, mais pas tant que vous pourriez le croire. En plein jour cela nous apparaissait plus stupide qu'autre chose – presque gênant. Mieux valait l'oublier.

J'avais au bout de la langue ma rencontre avec le cerf, mais finalement je n'ai rien dit. C'est une des choses que j'ai gardées pour moi. Je n'en ai rien dit et rien écrit jusqu'à maintenant, aujourd'hui même. Et je dois dire que, noir sur blanc, cela ne me paraît plus grand-chose, presque insignifiant. Mais pour moi c'est le meilleur moment de cette équipée, le plus pur, un moment où je me suis vu revenir, presque sans le vouloir, chaque fois qu'il y a eu un malheur – mon premier jour dans la brousse, au Vietnam, quand ce type est entré dans la clairière où nous étions, une main sur le nez, et quand il a enlevé sa main il n'y avait plus de nez, il avait été emporté par une balle ; la fois où le médecin nous a dit que notre plus jeune fils était peut-être hydrocéphale (il n'a que la tête un peu grosse, Dieu merci) ; les longues semaines de folie précédant la mort de ma mère. Et je repensais à ce petit matin, au daim éraflé de ses oreilles, à l'éclair blanc de sa queue. Mais huit cents millions de Chinois rouges n'en ont rien à foutre, pas vrai ? Les choses les plus importantes sont les plus difficiles à dire, les mots les amoindrissent. Il est difficile de faire en sorte que des inconnus s'intéressent aux bons moments de votre vie.

21

La voie obliquait vers le sud-ouest, traversant des enchevêtrements de ronces plantés de jeunes sapins. Nous avons déjeuné de mûres cueillies sur les buissons, mais les mûres ne tiennent pas au corps ; l'estomac leur accorde une demi-heure de grâce et se remet à gronder. On est revenus sur les rails et on a fait une pause, les lèvres violettes et nos torses griffés par les ronces. Vern, lugubre, rêva tout haut d'œufs sur le plat avec du bacon.

C'était le dernier jour des grandes chaleurs, et je crois que c'était le pire. Les derniers nuages du matin se sont évaporés et dès neuf heures le ciel pâle était d'un bleu acier qui vous donnait chaud rien qu'à le regarder. La sueur nous coulait sur la poitrine, le long du dos, creusant des traînées plus claires dans la couche de crasse. Des nuages de moustiques et de mouches noires tournoyaient autour de nos têtes, et savoir qu'il nous restait un long trajet ne nous aidait en rien. Pourtant la fascination nous poussait à continuer et à marcher plus vite que nous ne l'aurions fait par une chaleur pareille. Voir le corps de ce gosse nous rendait tous fous – je ne peux pas l'exprimer plus simplement ou plus honnêtement. Que cela s'avère inoffensif ou que cela ait pour effet d'assassiner notre sommeil par des rêves de massacres innombrables, nous voulions le voir. Je crois que nous en étions venus à penser que nous le *méritions*.

Il était environ neuf heures et demie quand Teddy et Chris ont repéré de l'eau – ils nous ont crié la nouvelle et nous sommes allés les rejoindre en courant. Chris riait, ravi :

« Regardez là-bas ! C'est des castors qui ont fait ça ! » Il a tendu la main.

C'était bien l'œuvre de castors. Un peu plus loin une grosse conduite passait sous les voies, et les castors en avaient proprement barré une extrémité avec un de leurs ingénieux petits barrages – des branches et des brindilles cimentées par des feuilles, des aiguilles de pin et de la boue séchée. Ces putains de castors sont vraiment des petites bêtes industrieuses. Derrière le barrage s'étendait une grande mare claire et brillante qui reflétait le soleil, trouée par endroits par les habitations des castors – on aurait dit des igloos en bois. Un petit ruisseau se déversait dans la mare, à l'autre bout, et les arbres qui la bordaient étaient blancs comme des os sur un mètre de haut, leur écorce entièrement rongée.

« Les chemins de fer vont bientôt nettoyer cette merde, a dit Chris.

– Pourquoi ? a demandé Vern.

– Ils ne supporteront pas une mare à cet endroit. Ça va miner leur voie chérie. D'abord c'est pour ça qu'ils ont mis cette conduite. Ils vont abattre quelques castors, faire fuir le reste et virer leur barrage. Ensuite ce coin redeviendra une fondrière, comme ça l'était probablement jadis.

– Ça me rend malade », a dit Teddy.

Chris a haussé les épaules. « Qui s'intéresse aux castors ? Pas la Grande Compagnie du Sud-Ouest du Maine, c'est sûr.

– Tu crois que c'est assez profond pour y nager ? » Vern regardait la mare d'un air affamé.

« Un seul moyen de savoir, a dit Teddy.

– Qui est prem's ? ai-je demandé.

– Moi ! » Chris a couru en bas du talus, se débarrassant de ses baskets et de sa chemise. Il a ôté jean et slip d'un seul geste, avec ses pouces, et s'est balancé d'une jambe sur l'autre pour enlever ses chaussettes. Enfin il a plongé, presque à plat. Il est remonté en secouant la tête pour écarter les cheveux de ses yeux. « Putain, c'est génial !

– Profond comment ? » lui a crié Teddy. Il n'avait jamais appris à nager.

Chris s'est mis debout et ses épaules sont sorties de l'eau. Il y avait quelque chose sur l'une d'elles – quelque chose d'un gris noirâtre. Je me suis dit que c'était de la boue et n'y ai plus pensé. Si j'avais regardé de plus près je me serais épargné bon nombre de cauchemars. « Venez, bande de dégonflés ! »

Il s'est retourné, a traversé la mare d'une brasse maladroite, puis est revenu à grand renfort d'éclaboussures. Nous étions tous en train de nous déshabiller. Vern a plongé, je l'ai suivi.

L'eau était fantastique – claire et fraîche. J'ai nagé jusqu'à Chris en savourant la sensation de l'eau sur mon corps nu. Je me suis remis debout et nous nous sommes retrouvés face à face, souriants.

« Chef ! » On l'a dit exactement au même moment.

« Putain de branleur. » Il m'a aspergé le visage avant de partir à la nage.

Nous avons chahuté dans l'eau pendant près d'une demi-heure avant de voir que la mare était pleine de sangsues. On plongeait, on nageait sous l'eau, on se faisait boire la tasse, sans se rendre compte de rien. Et puis Vern est allé à l'endroit le moins profond, a plongé et s'est mis debout sur les mains. Quand ses jambes ont émergé à la surface, formant un V chancelant mais triomphant, j'ai vu qu'elles étaient couvertes de bosses grisâtres comme celles que j'avais vues sur l'épaule de Chris. Des sangsues – des grosses.

Chris est resté bouche bée, et j'ai senti tout le sang de mes veines geler d'un seul coup. Teddy a hurlé, soudain blême. Nous nous sommes précipités vers la rive en pataugeant le plus vite possible. J'en sais plus aujourd'hui qu'à l'époque sur les sangsues d'eau douce, mais le fait qu'elles sont quasiment inoffensives ne diminue en rien l'horreur presque démente qu'elles provoquent en moi depuis ce bain dans la mare aux castors. Leur salive contient un anesthésique local et un anticoagulant, de sorte que l'hôte ne sent rien quand elles se collent à sa peau. Quand on ne les voit pas elles continuent à vous sucer le sang jusqu'à ce qu'elles tombent, gonflées de façon répugnante, ou jusqu'à ce qu'elles éclatent.

Nous avons grimpé sur la berge et Teddy a fait une crise de haute hystérie en voyant son corps. C'est en hurlant qu'il a arraché les sangsues de sa peau nue.

Vern a refait surface et nous a regardés, intrigué. « Putain qu'est-ce qui va pas avec...

– Des *sangsues !* » a hurlé Teddy en arrachant deux bestioles de ses cuisses tremblantes et en les lançant aussi loin que possible. « Saloperies d'enculés de *vampires !* » Sa voix a dérapé dans l'aigu au dernier mot.

« *OhmondieuOhmondieuOhmondieu !* » a crié Vern. Il a traversé la mare en barbotant et nous a rejoints.

J'étais toujours gelé ; la chaleur du jour était comme en suspens. Je me disais qu'il fallait tenir le coup. Pas se mettre à hurler. Pas être un pédé. J'en ai retiré une demi-douzaine de mes bras et d'autres de mon torse.

Chris m'a tourné le dos. « Gordie ? est-ce qu'il y en a encore ? Enlève-les s'il y en a, Gordie, je t'en prie ! » Il y en avait encore, cinq ou six, courant le long de son dos comme une rangée de boutons grotesques. J'ai arraché les corps informes et mous de sa peau.

J'en ai encore trouvé sur mes jambes, et Chris s'est occupé de mon dos.

Je commençais à me détendre un peu – quand j'ai baissé les yeux et j'ai vu la grand-mère de toutes les sangsues accrochée à mes couilles, gonflée à quatre fois sa taille normale. La peau noirâtre de la bête avait viré au pourpre violacé. Et j'ai commencé à perdre tout contrôle. Pas extérieurement, du moins pas de façon spectaculaire, mais intérieurement, là où ça compte.

J'ai balayé la chose gluante du dos de la main. Elle a tenu. J'ai voulu recommencer mais je me suis trouvé incapable de la toucher. Je me suis tourné vers Chris, j'ai voulu parler, n'ai pas pu. Je lui ai montré du doigt. Ses joues, déjà couleur de cendres, ont encore pâli.

« Je peux pas l'enlever, ai-je réussi à dire, les lèvres paralysées. Tu... tu peux... »

Mais il a reculé en secouant la tête, la bouche tordue. « Je ne peux pas, Gordie, a-t-il dit, sans pouvoir détourner son regard. Je regrette mais je ne peux pas. Non. Oh ! Non. » Il s'est retourné, plié en deux, une main sur l'estomac comme le maître d'hôtel d'une comédie musicale, et il a vomi dans un buisson de genévriers.

Il faut que tu te ressaisisses, me suis-je dit en regardant la sangsue accrochée à moi comme une barbe insensée. Son corps enflait encore à vue d'œil. *Il faut que tu te ressaisisses et que tu l'enlèves. Sois fort. C'est la dernière. C'est. La. Dernière.*

J'ai tendu la main, retiré la sangsue et elle m'a éclaté entre les doigts. Mon propre sang, tout chaud, a inondé ma paume et l'intérieur de mon poignet. Je me suis mis à pleurer.

Tout en pleurant je suis retourné vers mes habits et je les ai remis. Je voulais m'arrêter, mais j'étais incapable de tourner le robinet. Et puis je me suis mis à trembler, ce qui était pire. Vern a couru vers moi, nu comme un ver.

« Elles y sont plus, Gordie ? Elles sont plus sur moi ? Elles sont plus sur moi ? »

Il virevoltait devant moi comme un danseur affolé sur une scène de foire.

« Elles y sont plus ? Huh ? Huh ? Elles sont plus sur moi, Gordie ? »

Ses yeux n'arrivaient pas à se fixer sur moi, de grands yeux blancs comme ceux d'un cheval de manège en plâtre.

J'ai fait signe que oui et continué à pleurer. Il semblait que j'allais faire carrière dans les larmes. J'ai rentré ma chemise dans mon jean, je l'ai boutonnée jusqu'au cou, j'ai mis mes chaussettes et mes baskets. Peu à peu les larmes se sont taries. Encore quelques soubresauts, quelques gémissements, et puis ça s'est arrêté.

Chris est venu vers moi, s'est essuyé la bouche avec une poignée de feuilles. Il ouvrait de grands yeux muets et pleins d'excuses.

Une fois rhabillés nous nous sommes regardés quelques instants et nous avons remonté le talus. Je me suis retourné pour regarder la sangsue éclatée que j'avais jetée sur les buissons aplatis que nous avions piétinés en hurlant pour arracher les sales bêtes. Elle avait l'air dégonflée... mais toujours inquiétante.

Quatorze ans plus tard j'ai vendu mon premier roman et fait mon premier voyage à New York. « C'est une fête qui va durer trois jours », m'a dit mon nouvel éditeur au téléphone. « Les gens qui balanceront des conneries seront fusillés sur place. » Ce furent bien sûr trois jours de conneries sans mélange.

Pendant que j'y étais j'ai voulu faire la tournée du provincial ordinaire – voir une émission en public au Radio City Music Hall, monter en haut de l'Empire State Building (que le World Trade Center aille se faire foutre ; pour moi le gratte-ciel où est grimpé King Kong en 1933 sera toujours le plus grand du monde), visiter Times Square la nuit. Keith, mon éditeur, a paru ravi de me montrer sa ville. Notre dernière sortie touristique a été de prendre le ferry de Staten Island, or en m'appuyant à la rambarde j'ai baissé les yeux et j'ai vu des grappes de préservatifs flotter sur la houle. J'ai été alors littéralement plongé dans un souvenir – à moins que ce n'ait été un cas de voyage dans le temps. En tout cas, pendant une seconde je me suis trouvé réellement dans le passé, arrêté à mi-hauteur du talus pour regarder la sangsue : morte, dégonflée... mais toujours inquiétante.

Keith a dû voir quelque chose passer sur mon visage. « Pas très joli, n'est-ce pas ? » a-t-il dit.

Je n'ai pu que secouer la tête, voulant lui dire de ne pas s'excuser, qu'il n'était pas nécessaire de venir à New York et de prendre le ferry pour voir des vieilles capotes anglaises, voulant lui dire : *On écrit des histoires pour une seule raison, pour comprendre son passé et se préparer à une mortalité future ; voilà pourquoi dans ces histoires tous les verbes sont au passé, mon cher Keith, même dans celles qui se vendent par millions en livres de poche. Les seules formes d'art utiles sont la religion et les histoires.*

J'étais plutôt ivre cette nuit-là, comme vous pouvez vous en douter.

Je lui ai seulement dit : « Je pensais à quelqu'un d'autre, c'est tout. » Les choses les plus importantes sont les plus difficiles à dire.

22

Nous avons marché en suivant les rails – je ne sais pas combien de temps – et je me suis mis à penser : *Bon, okay, je vais pouvoir m'en tirer, de toute façon c'est fini, rien qu'un tas de sangsues, qu'elles aillent se faire foutre*. C'est ce que je me disais quand soudain des vagues de blancheur ont traversé mon champ de vision et je suis tombé.

J'ai dû tomber lourdement, mais les traverses m'ont paru un édredon moelleux et chaud. Quelqu'un m'a retourné sur le dos. Le contact de ces mains était lointain, sans importance. Les visages n'étaient que des ballons sans corps me regardant de très haut, à des kilomètres, comme le visage de l'arbitre doit apparaître au boxeur abruti de coups qui se repose dix secondes sur la toile du ring. Les mots oscillaient doucement, se fondaient dans le silence.

« ... lui ?

– … sera tout…

– … si tu crois que le soleil…

– Gordie, as-tu… »

Là, j'ai dû dire quelque chose d'à peu près absurde, car ils ont eu l'air vraiment inquiets.

« Vaudrait mieux qu'on le ramène, mec », a dit Teddy, et de nouveau la blancheur a tout recouvert.

Quand ça s'est éclairci, tout semblait aller bien. Chris était accroupi près de moi, me disant : « Peux-tu m'entendre, Gordie ? Tu es là, mec ?

– Oui », ai-je dit en m'asseyant. Un essaim de taches noires a explosé devant mes yeux, puis elles se sont effacées. J'ai attendu qu'elles reviennent, et finalement je me suis levé.

« Tu m'as foutu une sacrée trouille, Gordie, a dit Chris. Tu veux boire ?

– Ouais. »

Il m'a passé sa gourde à moitié pleine, et trois grandes gorgées chaudes m'ont coulé dans la gorge.

« Pourquoi t'es tombé dans les pommes, Gordie ? » Vern avait son air anxieux.

« J'ai regardé ta vilaine gueule.

– Eeee-eee-eeee ! a ricané Teddy. Putain de Gordie ! Quel merdeux !

– T'es vraiment okay ? Vern insistait.

– Ouais. Sûr. Ça allait... mal pendant une minute. De penser à ces vampires. »

Ils ont hoché la tête, très sérieux. On a pissé à l'ombre et on a continué, moi et Vern d'un côté des voies, comme avant, Chris et Teddy de l'autre. On se disait qu'on ne devait pas être loin.

23

Nous étions plus loin que nous le pensions, et si nous avions eu la jugeote de consulter la carte deux minutes, nous aurions compris pourquoi. Nous savions que le corps de Ray Brower devait être près de la route de Back Harlow, qui se termine en impasse au bord du Royal. Le train franchit cette rivière sur un deuxième ponton. Voilà donc ce que nous avions pensé : en nous rapprochant du Royal, on se rapprochait de la route de Back Harlow, là où Billy et Charlie s'étaient garés quand ils avaient vu le gosse. Et comme le Royal n'était qu'à quinze kilomètres de la Castle, on s'était dit qu'on arriverait avant la grande chaleur.

Mais c'était quinze kilomètres à vol d'oiseau, or les voies n'allaient pas en ligne droite, bien au contraire, elles faisaient une large boucle pour éviter un massif morcelé en petites collines qu'on appelait The Bluffs.

Donc on l'aurait très bien vu en regardant la carte, et compris qu'on n'avait pas quinze kilomètres à faire, mais presque vingt-cinq.

Chris a commencé à s'en douter à midi passé, le Royal n'étant toujours pas en vue. On s'est arrêtés pendant qu'il a grimpé sur des plus hauts pins pour jeter un coup d'œil. Il est redescendu et nous a fait un rapport très simple : on n'arriverait pas au bord du Royal avant quatre heures, et encore à condition de ne pas traîner.

« Ah, *merde !* s'est écrié Teddy. Alors qu'est-ce qu'on fait ? »

Nous avons regardé nos visages fatigués, en sueur. Nous avions faim, notre bonne humeur s'était envolée. La grande aventure s'était changée en corvée interminable, crasseuse, parfois effrayante. De plus, chez nous, on devait déjà être portés manquants, et si Milo Pressman n'avait pas appelé les flics, le conducteur du train avait pu le faire. On avait pensé rentrer en stop à Castle Rock, mais à quatre heures il ne restait que trois heures de jour, et personne ne prend quatre gosses sur une petite route de campagne après la tombée de la nuit.

J'ai voulu évoquer l'image fraîche et pure du cerf venu paître l'herbe du matin, mais même cela m'a paru poussiéreux, sans valeur, ne valant pas mieux qu'un trophée empaillé pendu au-dessus de la cheminée dans le pavillon de chasse d'un gus quelconque, les yeux vernis pour lui donner un faux air de vie.

Finalement Chris s'est décidé : « Le plus court c'est encore de continuer. Allons-y. »

Il s'est retourné et s'est mis à marcher le long des voies, tête baissée, ses baskets pleines de boue, son ombre n'étant qu'une flaque à ses pieds. Au bout d'une minute nous avons suivi à la file indienne.

24

Dans les années qui ont précédé la rédaction de ces souvenirs, j'ai étonnamment peu pensé à ces journées, consciemment tout du moins. Les images que ces souvenirs font remonter à la surface sont aussi déplaisantes que les noyés d'une semaine qu'on fait remonter à la surface en tirant le canon. De sorte que je ne me suis jamais vraiment posé de questions sur le fait que nous avons continué. Ou, autrement dit, je me suis quelquefois demandé *pourquoi* nous l'avions décidé mais jamais *comment.*

Aujourd'hui un scénario bien plus simple me vient à l'esprit. Je suis sûr que si cette idée avait été exprimée, elle aurait été descendue en flammes – continuer nous paraissait plus net, plus *chef,* comme on disait à l'époque. Mais si l'idée avait été dite et n'avait *pas* été descendue en flammes, rien de ce qui s'est passé plus tard ne serait arrivé. Chris, Teddy et Vern seraient même peut-être encore vivants aujourd'hui. Non, ils ne sont pas morts dans les bois ni sur les voies ; personne ne meurt dans cette histoire, sauf quelques sangsues et Ray Brower, et pour être honnête il était mort avant qu'elle commence. Mais une chose est vraie : des quatre qui ont joué à pile ou face pour dire lequel irait faire des courses au Florida, celui qui y est allé est le seul encore en vie. Le Vieux Marin a trente-quatre ans, et vous, Gentil Lecteur, dans le rôle de l'Invité à la Noce (arrivé là ne devriez-vous pas regarder la photo de la jaquette pour voir si mon œil vous tient en son pouvoir ?). Si vous me trouvez un peu léger – vous avez raison – mais j'ai peut-être mes raisons. À un âge où nous serions tous les quatre considérés trop jeunes et pas assez mûrs pour être président, trois d'entre nous sont morts. Et si des événements insignifiants renvoient avec le temps des échos de plus en plus grands, oui, peut-être que si nous avions agi plus simplement et fait du stop jusqu'à Harlow, ils seraient encore vivants.

Sur la route 7 on aurait pu se faire emmener jusqu'à l'église de Shiloh, qui se trouvait au croisement de la 7 et de la route de Back Harlow (du moins jusqu'en 1967, où elle a été rasée par un incendie attribué au mégot d'un clochard). Avec un peu de chance on serait arrivés aux environs du corps la veille au soir.

Mais cette idée n'avait aucune chance. Oh ! il n'y aurait eu ni fleurs de rhétorique, ni argumentations impeccables, seulement quelques grognements, des grimaces, des pets et des bras d'honneur. Pour ce qui est du côté verbal, des reparties étincelantes et définitives telles que « Putain, non », « Ça craint », et ce vieil argument des familles « Est-ce que ta mère a fait autre chose que des fausses couches ? »

Implicitement – c'était peut-être trop fondamental pour être dit à voix haute – il y avait l'idée que c'était une *grosse* affaire. Il ne s'agissait plus de déconner avec des pétards ou d'aller regarder par le trou à l'arrière des chiottes des filles au jardin de Harrison. Ça allait de pair avec baiser pour la première fois, faire son service ou acheter légalement, pour la première fois, une bouteille de gnôle – imaginez que vous faites un saut dans le magasin d'État, que vous choisissez une bonne vieille bouteille de scotch, que vous montrez au caissier votre feuille de route et votre permis de conduire, et que vous ressortez avec un sac en papier brun, membre d'un club ayant quelques droits et privilèges de plus que notre vieille cabane avec son toit en tôle.

Chaque événement fondateur comporte un rituel, des rites de passage, le couloir magique où s'opère le changement. Acheter des préservatifs. Se tenir devant le prêtre. Lever le bras et prêter serment. Ou, si vous voulez, marcher sur les rails pour rencontrer à mi-chemin un gosse de votre âge, de même que je remontais la moitié de Pine Street pour accueillir Chris quand il venait chez moi, ou que Teddy descendait la moitié de Gates Street si j'allais chez lui. Il semble juste d'agir ainsi, car le rite de passage est un couloir magique, et nous devons toujours ménager un passage – celui où on marche quand on se marie, où on vous porte quand on vous enterre. Notre couloir, c'étaient ces rails jumeaux entre lesquels nous avancions tant bien que mal pour découvrir ce que cela pouvait signifier. Peut-être qu'on ne fait pas du stop pour un truc comme ça. Et peut-être nous semblait-il juste que ce soit plus dur que nous l'avions pensé. Tout ce qui accompagnait notre équipée en avait fait ce dont on se doutait depuis le début : une affaire sérieuse.

Ce qu'on *ne savait pas* en contournant The Bluffs, c'est que Billy Tessio, Charlie Hogan, Jack Mudgett, Norman « Fuzzy » Bracowicz, Vince Desjardins, Bigeye – le frère aîné de Chris – et Ace Merrill lui-même étaient en route pour aller jeter un coup d'œil au cadavre – Ray Brower avait atteint une sorte de célébrité bizarre, et notre secret était devenu une attraction foraine. Alors qu'on entamait notre dernière étape, ils s'entassaient dans la Ford 52 de Merrill, allégée et trafiquée, et dans la Studebaker 54 rose de Vince.

Billy et Charlie avaient réussi à garder leur secret pendant presque trente-six heures. Puis Charlie avait craché le morceau à Ace Merrill pendant une partie de billard, et Billy avait tout déballé à Jack Mudgett pendant qu'ils pêchaient des poissons-chats au pont de Boom Road. Ace et Jack avaient solennellement juré le secret, sur la tombe de leur mère, et c'est ainsi que toute la bande l'avait appris avant midi. Vous imaginez l'opinion que ces trouducs avaient de leur mère.

Ils s'étaient rassemblés dans la salle de billard, et Fuzzy Bracowicz avait émis l'hypothèse (que vous connaissez déjà, Gentil Lecteur) qu'ils pourraient tous devenir des héros – et des vedettes de la radio et de la TV, cela allait sans dire – en « découvrant » le cadavre. Tout ce qu'ils avaient à faire, selon Fuzzy, c'était de remplir les coffres des voitures avec des cannes à pêche. Quand ils auraient trouvé le corps, leur histoire serait cent pour cent garantie. On voulait juste prendre quelques brochetons dans le Royal, inspecteur. Hé-hé-hé. Regardez ce qu'on a trouvé.

Ils roulaient à tombeau ouvert vers Harlow au moment où nous approchions finalement du but.

25

Vers deux heures les nuages ont commencé à s'amonceler, mais au début nous ne les avons pas pris au sérieux. Il n'avait pas plu depuis début juillet, alors pourquoi pleuvrait-il maintenant ? Mais ils ont continué à s'entasser dans notre dos, de plus en plus haut, de grandes colonnes orageuses et violacées comme des blessures, et à s'avancer lentement vers nous. Je les ai regardés attentivement, guettant le voile signifiant qu'il pleut déjà trente ou cinquante kilomètres plus loin, mais il n'y avait rien. Des nuages qui arrivaient, c'était tout.

Vern avait une ampoule au talon. Nous avons fait une pause pendant qu'il rembourrait sa chaussure avec de la mousse prise au tronc d'un vieux chêne.

« Est-ce qu'il va pleuvoir, Gordie ? a demandé Teddy.

– Je crois.

– Merde ! a-t-il soupiré. La merde pour commencer et la merde pour finir la journée. »

J'ai ri et il m'a fait un clin d'œil.

On s'est remis en marche, un peu moins vite pour ménager le pied de Vern. Alors, entre deux et trois heures de l'après-midi, la qualité de la lumière s'est mise à changer et nous avons été sûrs qu'il allait pleuvoir. Il faisait toujours aussi chaud, et encore plus humide, mais on en était sûrs. Et les oiseaux aussi. Ils jaillissaient de nulle part et envahissaient le ciel en jacassant de leurs voix aiguës. Et la lumière, d'abord lourde, écrasante, semblait de plus en plus laiteuse, comme filtrée. Nos ombres, qui rallongeaient à nouveau, devenaient floues et indistinctes. Le soleil entrait et sortait des nuages empilés, de plus en plus épais, et au sud le ciel prenait une teinte cuivrée. Nous avons regardé les masses noires qui s'avançaient lourdement, fascinés par leur taille, leur menace muette. De temps en temps il semblait qu'un flash géant se déclenchait à l'intérieur d'un nuage qui passait momentanément du pourpre au gris clair. J'ai vu la langue fourchue d'un éclair dentelé s'élancer sous le nuage le plus proche, si brillant qu'il m'a imprimé un tatouage bleu sur la rétine, suivi d'un retentissant roulement de tonnerre.

On a commencé par râler parce qu'on allait se faire surprendre par la pluie, mais ce n'était que pour la forme – en fait nous l'attendions avec impatience. De l'eau pure, rafraîchissante... et pas de sangsues.

Un peu après trois heures et demie, nous avons aperçu de l'eau courante à travers les arbres.

« Le voilà ! s'est écrié Chris, tout joyeux. C'est le Royal ! »

On a trouvé notre second souffle et on s'est mis à marcher plus vite. L'orage se rapprochait. L'air s'est mis en mouvement et la température a paru tomber de dix degrés en quelques secondes. En baissant les yeux j'ai vu que mon ombre avait entièrement disparu.

On marchait à nouveau deux par deux, surveillant les deux côtés de la voie. J'avais la bouche sèche, tenaillée par une sorte de nausée. Le soleil a plongé derrière un étagement de nuages, et cette fois il n'a pas reparu. Un instant la masse nuageuse s'est ourlée d'or, comme l'enluminure d'une Bible ancienne, et puis le ventre pourpre et gonflé d'orage est venu effacer toute trace de soleil. Le ciel est devenu lugubre – les nuages dévoraient ce qui restait de bleu. L'odeur de la rivière nous remplissait les narines comme si nous étions des chevaux – à moins que ce ne fût celle de l'eau en suspension dans l'air. Il y avait un océan au-dessus de nos têtes, retenu par une membrane si mince qu'elle pouvait se rompre à chaque instant et inonder la terre.

Je fouillais les buissons du regard, mais mes yeux ne cessaient de se porter sur le ciel affolé, dont les couleurs s'assombrissaient, promettant au choix toutes les calamités : l'eau, le feu, le vent ou la grêle. Un vent froid se mit à souffler, à siffler dans les branches. Un éclair incroyable a soudain éclaté juste au-dessus de nous, semblait-il, m'arrachant un cri tandis que je me plaquais les mains sur les yeux. Dieu avait pris ma photo : un petit garçon, sa chemise nouée autour de la taille, le torse nu et écorché, les joues tachées de cendres. J'ai entendu la chute d'un grand arbre fendu en deux à moins de soixante mètres. Le coup de tonnerre qui a suivi m'a fait me recroqueviller. J'aurais voulu être chez moi, en train de lire un bon livre, à l'abri... comme dans la cave où on mettait les patates.

« Mon dieu ! » a crié Vern d'une voix aiguë, défaillante. « Oh mon dieu, regardez *ça !* »

J'ai regardé ce qu'il montrait du doigt et vu une boule de feu d'un blanc bleuté qui roulait sur le rail de gauche, crépitant et crachant comme un chat échaudé. Elle est passée tout près et nous nous sommes retournés pour la suivre des yeux, stupéfaits, découvrant à l'instant que des choses pareilles pouvaient exister. Six mètres plus loin, soudain, elle a fait *plop* et disparu, ne laissant qu'une odeur d'ozone.

« Qu'est-ce que je fais là, de toute façon ? » a marmonné Teddy.

« Génial ! » s'est exclamé Chris, heureux, le visage vers le haut. « Ça va être génial à ne pas y croire ! » Mais j'étais comme Teddy. Voir le ciel me donnait une désagréable sensation de vertige. C'était comme de regarder au fond d'une gorge aux parois marbrées, profonde et mystérieuse. Un deuxième éclair a frappé le sol, nous faisant baisser la tête. Cette fois l'odeur d'ozone était plus forte, envahissante. Le coup de tonnerre a suivi sans aucun intervalle.

J'en avais encore plein les oreilles quand Vern s'est mis à glapir, triomphant : *« Là ! IL EST LÀ ! JUSTE LÀ ! JE LE VOIS. »*

Je revois Vern à cet instant précis chaque fois que j'en ai envie – il me suffit de m'asseoir une minute et de fermer les yeux. Il se tient debout sur le rail de gauche comme un explorateur à la proue d'un navire, une main abritant ses yeux de l'éclair argenté qui vient de s'abattre, l'autre pointant droit devant lui.

On a couru pour le rejoindre et on a regardé. Je me disais : *Vern s'est laissé emporter par son imagination, c'est tout. Les sangsues, la chaleur, la tempête en plus... ses yeux lui jouent des tours, c'est tout.* Mais ce n'était pas tout, bien qu'un instant j'aie souhaité qu'il en fût ainsi. Pendant cette fraction de seconde j'ai compris que je ne voulais jamais voir de cadavre, pas même celui d'une marmotte écrasée par une voiture.

À l'endroit où nous étions, les premières pluies de printemps avaient emporté une partie du talus, laissant une paroi rugueuse, instable, vaguement verticale, d'environ un mètre vingt. Au bas se trouvait une sorte de marais boueux, broussailleux, qui sentait mauvais. Et là une main pâle et blanche dépassait d'un enchevêtrement de ronces.

Avons-nous respiré ? Pas moi.

Le vent avait forci – il était devenu cinglant, capricieux, nous assaillant de tous côtés, il sautait, tourbillonnait, giflait nos poitrines couvertes de sueur. C'est à peine si je m'en rendais compte. Je crois qu'une part de mon esprit attendait que Teddy crie, *Parachutistes, sautez !* et je me disais qu'à ce moment-là je deviendrais fou, tout simplement. Il aurait mieux valu voir le corps d'un coup, en entier, mais il n'y avait que cette main tendue, flasque, horriblement blanche, les doigts mollement écartés, comme la main d'un noyé. Cette main nous disait la vérité sur toute cette affaire. Elle expliquait tous les cimetières du monde. Cette image m'est revenue chaque fois que j'ai entendu parler d'une atrocité quelconque. Quelque part, attachés à cette main, se trouvaient les restes de Ray Brower.

Les éclairs bondissaient, crépitaient, suivis par le déchirement du tonnerre, comme si une course de stock-cars avait démarré au-dessus de nos têtes.

« Meeeee... », a dit Chris, pas vraiment comme un juron, pas vraiment la version paysanne de *merde* qu'on prononce avec un brin d'herbe entre les dents quand la moissonneuse tombe en panne – c'était plutôt un son prolongé, détimbré, dépourvu de sens, un soupir passé par hasard près des cordes vocales.

Vern se léchait les lèvres de façon compulsive, comme s'il venait de goûter à un mets inconnu, un hot dog tibétain, un escargot interstellaire, d'un goût tellement bizarre qu'il en était à la fois excité et révolté.

Teddy, debout, regardait. Le vent fouettait ses cheveux gras et emmêlés, les écartait par moments de ses oreilles. Il avait le visage parfaitement vide. Je pourrais vous dire que j'y ai vu quelque chose, et peut-être l'ai-je fait, après coup... mais pas sur le moment.

Une procession de fourmis noires allait et venait sur la main.

Un grand bruissement s'est levé des deux côtés de la voie, comme si la forêt venait de remarquer notre présence et faisait des commentaires. La pluie s'était mise à tomber.

Des gouttes grosses comme des pièces de dix cents me sont tombées sur la tête et les bras. Les cendres du talus sont devenues noires – puis ont changé de couleur au bout d'un moment, quand le sol desséché a absorbé l'eau avec avidité.

Ces grosses gouttes sont tombées pendant quelques secondes et se sont arrêtées. J'ai regardé Chris, il m'a fait un clin d'œil.

Alors la tempête s'est abattue d'un coup, comme si on avait ouvert dans le ciel un robinet géant. Les bruissements se sont changés en bruyante dispute, comme si notre trouvaille nous était reprochée. C'était effrayant. Personne, avant l'université, ne vous apprend à ne pas croire au visage effrayant de la nature... et encore j'ai remarqué que personne, sauf les crétins finis, ne croit vraiment que ce n'est qu'une illusion.

Chris a sauté au bord du marécage ; ses cheveux déjà trempés lui collaient au crâne. Je l'ai suivi. Vern et Teddy n'étaient pas loin, mais Chris et moi avons été les premiers à atteindre le corps. Il était allongé sur le ventre. Chris m'a regardé dans les yeux, le visage grave, sérieux – un visage d'adulte. J'ai légèrement hoché la tête, comme s'il avait parlé tout haut.

Je pense qu'il était en bas, relativement intact, au lieu d'être là-haut, sur les rails et complètement déchiqueté, parce qu'il essayait de se sauver quand le train l'a heurté et l'a envoyé bouler. Il avait atterri la tête vers la voie, les bras au-dessus de la tête comme un plongeur qui va se lancer, au milieu de ce bout de terrain boueux qui se transformait en marécage. Ses cheveux étaient d'un brun rougeâtre, l'humidité de l'air en avait fait légèrement boucler les extrémités. Il avait du sang dans les cheveux, mais pas tant que ça, pas une énorme quantité. Le pire, c'étaient les fourmis. Il portait un tee-shirt uni, vert foncé, et un jean. Il avait les pieds nus mais un peu plus loin, prise dans les ronces, j'ai vu une paire de baskets sales. Un instant, cela m'a intrigué – pourquoi était-il ici et ses chaussures là-bas ? Et puis j'ai compris, et ça m'a fait comme un coup de poing dans le ventre. Ma femme, mes gosses, mes amis – ils croient tous qu'une imagination comme la mienne est un grand plaisir ; non seulement je fais plein de fric, mais j'ai un petit cinéma dans la tête chaque fois que je risque de m'ennuyer. En gros, ils n'ont pas tort. Mais parfois ça fait un tête-à-queue et ça vous mord jusqu'au sang avec ses longues dents, des dents pointues, aiguisées comme celles d'un cannibale. On voit des choses qu'on préférerait ne pas voir, de celles qui vous empêchent de dormir jusqu'au matin. C'est une de ces choses que j'avais sous les yeux, que je voyais avec une clarté et une certitude absolues. Le choc l'avait fait jaillir de ses chaussures. Le train l'avait fait sauter hors de ses baskets comme il avait fait sauter la vie hors de son corps.

Pour moi, ça a finalement enfoncé le clou jusqu'au bout. Le gosse était mort. Le gosse n'était pas malade, il n'était pas endormi. Le gosse n'allait plus jamais se lever le matin ou attraper la chiasse en mangeant trop de pommes ou cueillir de la vigne vierge ou user sa gomme sur le bout de sa Ticonderoga n° 2 pendant un exercice de maths particulièrement difficile. Le gosse était mort, raide mort. Le gosse n'irait plus jamais à la chasse aux bouteilles avec ses copains, au printemps, un sac en jute sur l'épaule pour ramasser les bouteilles consignées découvertes par la neige fondante. Le gosse ne se lèverait pas à deux heures du matin le 1er novembre pour courir à la salle de bains et vomir une ventrée des sucreries bon marché qu'on bouffe à la Toussaint. Le gosse n'allait plus tirer les nattes d'une seule fille à l'étude. Le gosse ne donnerait plus de coups de poing dans le nez, et n'en recevrait plus. Le gosse c'était *peut pas, fait pas, jamais, ne pourra, ne voudra, ne saura*. Il était ce côté de la batterie où la borne est marquée NEG. Le fusible où il faut mettre une pièce de monnaie. La corbeille à papier près du bureau du prof, qui a toujours la même odeur de copeaux venus du taille-crayon et de peaux d'oranges séchées. La maison hantée hors de la ville dont les fenêtres sont enfoncées, les pancartes ENTRÉE INTERDITE jetées très loin dans l'herbe, les greniers pleins de chauves-souris, les caves pleines de rats. Le gosse était mort, monsieur, madame, jeune maître, petite demoiselle. Je pourrais continuer toute la journée sans jamais définir la distance entre ses pieds nus sur le sol et ses baskets sales accrochées dans les ronces. C'était un mètre et plus, c'était une tripotée d'années-lumière. Le gosse était déconnecté de ses baskets sans aucun espoir de réconciliation. Il était mort.

On l'a retourné sur le dos, sous l'averse, les éclairs, le fracas incessant du tonnerre.

Son visage et son cou étaient couverts de fourmis et d'insectes, qui entraient et sortaient avec entrain par l'encolure de son tee-shirt. Il avait les yeux ouverts, mais désaccordés d'une façon terrifiante – l'un relevé au point qu'on ne voyait plus qu'un mince croissant d'iris, l'autre dirigé droit vers l'orage. Une écume sanglante s'était coagulée sur son menton et sa lèvre supérieure – me suis dit qu'il avait saigné du nez – et le côté droit de son visage était noirci et déchiré. Pourtant il n'était pas vraiment défiguré. Une fois j'étais rentré dans une porte que Dennis ouvrait au même instant et j'en avais eu des bleus pires que ceux du gosse, *plus* un nez en sang, et après j'avais quand même repris de chaque plat au dîner.

Teddy et Vern étaient derrière nous, et s'il était resté un peu de vie dans cet œil unique braqué vers le haut, je crois que Ray Brower nous aurait vus comme les fossoyeurs d'un film d'épouvante.

Un scarabée est sorti de sa bouche, a traversé ses joues imberbes, est passé sur une ortie et a disparu.

« Z'avez vu ça ? » a demandé Teddy d'une voix faible, étrange, haut perchée. « J'parie qu'il est plein de ces putains de bestioles ! J'parie qu'il a la cervelle...

– La ferme, Teddy », a dit Chris. Teddy a paru soulagé.

Un éclair fourchu a bleui le ciel, éclairant l'œil unique du cadavre. On croyait presque qu'il était content d'avoir été retrouvé, et retrouvé par des garçons de son âge. Son torse avait gonflé et il dégageait une légère odeur de gaz, comme un pet refroidi.

Je me suis détourné, certain que j'allais vomir, mais j'avais l'estomac sec, dur et vide. Je me suis brutalement enfoncé deux doigts dans la gorge, voulant me *forcer* à vomir, comme si j'en avais besoin et que je pouvais m'en débarrasser de cette façon. Mais mon estomac s'est à peine contracté, puis n'a plus bougé.

La pluie battante et le tonnerre ont complètement couvert le bruit des voitures arrivant par la route de Back Harlow, qui passait à quelques mètres de la fondrière, de même que les craquements des broussailles écrasées sous leurs pas quand ils sont venus de l'impasse où ils s'étaient garés.

Nous nous sommes rendu compte de leur présence quand la voix de Ace Merrill s'est élevée au-dessus de la tempête : « Et alors, putain, qu'est-ce que vous foutez là ? »

26

On a sauté en l'air comme si on nous avait piqués et Vern a poussé un cri – il a reconnu plus tard qu'il avait cru, juste une seconde, que la voix venait du mort.

De l'autre côté du marécage, en bordure des arbres qui nous dissimulaient le bout de la route, Ace Merrill et Bigeye se tenaient côte à côte, à moitié masqués par le rideau gris de la pluie. Ils portaient tous les deux des vestes d'étudiants en nylon rouges, de celles qu'on peut acheter au secrétariat quand on est normalement inscrit et qu'on distribue gratuitement aux sportifs de la fac. La pluie leur avait plaqué les cheveux sur le crâne et un mélange de brillantine et d'eau leur coulait le long des joues comme un ersatz de larmes.

« Fi' d' garce ! a dit Bigeye. C'est mon petit frère ! »

Chris le regardait, bouche ouverte. Il avait encore sa chemise autour de la taille, trempée, dégoulinante.

Son sac, d'un vert noirci par la pluie, pendant contre ses omoplates.

« Tu te barres, Rich, a-t-il dit d'une voix tremblante. On l'a trouvé. On est prem's.

– Au cul les prem's. On va le signaler.

– Non, ça non », ai-je dit. Soudain j'étais furieux qu'ils soient là, qu'ils soient arrivés comme ça au dernier moment. Si on y avait réfléchi on aurait compris qu'un truc de ce genre était probable... mais ce moment, d'une façon ou d'une autre, ces gosses plus grands et plus forts n'allaient pas nous le voler – prendre ce qu'ils voulaient comme par droit divin, comme si leur solution de facilité était la meilleure, la seule façon de faire. Ils étaient venus en *voiture* – je crois que c'est ce qui m'a mis en rage. Ils étaient venus en *voiture*. « On est quatre, Bigeye. Essaye toujours.

– Oh, on va essayer, ne t'en fais pas », a-t-il dit, et derrière lui les arbres ont frémi. Charlie Hogan et Billy, le frère de Vern, ont avancé en jurant et en s'essuyant le visage. J'ai senti une boule de plomb dans mon ventre, une boule encore plus lourde quand Jack Mudgett, Fuzzy Bracowicz et Vince Desjardins les ont suivis.

« Et nous voilà, a dit Ace en souriant. Alors vous allez juste...

– *VERN !* » s'est écrié Billy Tessio d'une voix terrible,

accusatrice, genre le-jugement-est-proche. Il a brandi ses deux poings sous la pluie. « Petit fils de pute ! T'étais sous la véranda ! *Casse-bite !* »

Vern s'est tassé sur lui-même.

Charlie Hogan est devenu positivement lyrique. « Espèce de petit con de voyeur ! Je devrais te faire sortir la merde par les yeux !

– Ouais ? Eh bien, essaye ! » a soudain bramé Teddy, les yeux brillant d'un éclat dément derrière ses lunettes pleines d'eau. « Viens-y donc, viens t'battre ! Allez ! Allez, les gros mecs ! »

Billy et Charlie n'ont pas eu besoin qu'on leur dise deux fois. Ils ont fait un pas en avant et Vern a encore frémi. Il a frémi... mais il a tenu bon. Il était avec ses amis, on en avait tous vu de dures, on n'était pas venus ici en *bagnole.*

Mais Ace les a retenus d'un geste, en leur touchant l'épaule. « Maintenant, écoutez-moi, les gars », a-t-il dit d'un ton patient, comme si nous n'étions pas en plein sous l'orage. « Nous sommes plus nombreux que vous. Nous sommes plus forts. On va vous donner une chance de vous barrer. Je me fous de savoir où vous allez. Prenez-vous pour des crayons et taillez-vous. »

Le frère de Chris a gloussé et Fuzzy a donné une claque dans le dos de l'orateur pour le féliciter de son humour. Le Sid Caesar des jeunes délinquants.

« Parce qu'on va le *prendre.* » Ace a souri, et on l'imaginait sourire tout aussi gentiment en brisant sa canne sur le crâne d'un pauvre minable sans éducation qui aurait fait la grave erreur d'ouvrir sa gueule alors que Ace préparait un carambolage. « Si vous partez, on le prend. Si vous restez on vous flanque une raclée et on le prend quand même. En plus – a-t-il ajouté pour parer son banditisme d'un peu de vertu –, Charlie et Billy l'ont trouvé, alors ils sont prem's de toute façon.

– Ils se sont dégonflés ! lui a renvoyé Teddy. Vern nous en a parlé ! Ils avaient une putain de trouille à en chier dans leur putain de froc ! » Il a grimacé pour imiter le visage pleurnichard et terrifié de Charlie Hogan. « J'voudrais qu'on ait jamais chauffé cette bagnole ! Je voudrais qu'on soit jamais allés tirer un coup sur la route de Back Harlow ! Oh, Billiiie, qu'est-ce qu'on va faire ? Oh Biliiiie, je crois que je viens de remplir mon slip de crème au chocolat ! Oh, Billiiie...

– Ça va comme ça », a dit Charlie, qui s'est avancé de nouveau, son visage buté tordu par la rage et la honte : « Môme, quel que soit ton nom, quand tu voudras te mettre les doigts dans le nez faudra aller le chercher du côté des amygdales ! »

J'ai lancé un regard affolé vers Ray Brower. Il regardait calmement la pluie de son œil unique, allongé par terre mais au-dessus de tout ça. Le tonnerre était tout aussi fréquent, mais la pluie commençait à diminuer.

« Qu'est-ce que t'en dis, Gordie ? » a dit Ace, retenant à peine Charlie par le bras, comme un dresseur accompli aurait tenu un chien méchant. « Tu dois quand même avoir un peu du bon sens de ton frère. Dis à ces gars de reculer. Je laisserai Charlie se faire un peu la main sur ce crétin et puis on ira chacun de notre côté. Qu'est-ce que t'en dis ? »

Il avait eu tort de parler de Dennis. J'avais voulu raisonner avec lui, souligner ce qu'il savait très bien, qu'on avait tous les droits de prendre les billes de Billy et Charlie puisque Vern les avait entendus les refuser. J'avais voulu lui dire que Vern et moi avions failli nous faire écraser par un train de marchandises sur le ponton de la Castle. Lui parler de Milo Pressman et de son intrépide – et stupide – copain Chopper, le super-chien. Et des sangsues, aussi. Je crois que je voulais seulement lui dire : Allons, Ace, faut être honnête, tu le sais. Mais il avait fallu qu'il parle de Dennis, et au lieu de ces paroles de bon sens j'ai entendu sortir de ma bouche mon propre arrêt de mort : « Viens sucer ma grosse queue, mauviette. »

Ace, de surprise, a fait un O parfait avec sa bouche – une expression si étonnamment chochotte qu'en d'autres circonstances on aurait pleuré de rire. Les autres – des deux côtés du marécage – me regardaient d'un air stupéfait.

Teddy a hurlé de joie : « Bien envoyé, Gordie ! Oh, mec ! C'est trop beau ! »

Je suis resté figé, sans pouvoir y croire. C'était comme si une doublure en pleine crise de folie avait sauté en scène au moment critique et déclamé des vers ne faisant même pas partie de la pièce. Dire à un mec de vous sucer, c'était ce qu'on pouvait faire de pire, sauf parler de sa mère. Du coin de l'œil j'ai vu que Chris avait posé son sac et fouillait dedans avec frénésie, mais je n'ai rien compris – sur le moment, du moins.

« Okay, a dit Ace tout doucement. On se les fait. Ne touchez à personne, sauf au môme Lachance. Je vais lui casser ses deux putains de bras. »

Du coup, j'étais glacé. Je ne me suis pas pissé dessus comme sur la passerelle, mais c'était probablement parce que je n'avais plus rien à pisser. Il allait vraiment le faire, voyez-vous ; les années m'ont fait changer d'avis sur beaucoup de choses, mais pas là-dessus. Quand Ace a dit qu'il allait me casser les deux bras, il en avait la ferme intention.

Ils se sont avancés vers nous sous la pluie qui diminuait. Jackie Mudgett a sorti un cran d'arrêt de sa poche et a poussé le bouton. Quinze centimètres d'acier ont jailli, gris tourterelle dans le faux jour où nous étions. Vern et Teddy se sont mis aussitôt en position de combat de chaque côté de moi. Teddy avec impatience, Vern l'air acculé, avec une grimace de désespoir.

Les grands s'avançaient sur un rang, pataugeant dans la fondrière changée par l'averse en une grande mare boueuse. Le corps de Ray Brower était couché à nos pieds comme un tonneau plein d'eau. J'étais prêt à me battre... quand Chris a tiré une balle du revolver pris dans la commode de son vieux.

KA-BLAM !

Dieu, quel bruit merveilleux ! Charlie Hogan a sauté en l'air. Ace Merrill, qui me fixait dans les yeux, s'est brusquement retourné vers Chris. Sa bouche a refait son O. Bigeye a eu l'air complètement ahuri.

« Hé, Chris, c'est à papa, a-t-il dit. Tu vas prendre une sacrée tannée...

– Rien à côté de ce que tu vas recevoir », a dit Chris. Il était d'une pâleur terrible, toute la vie de son visage semblait avoir été aspirée vers le haut, dans ses yeux. Ils flamboyaient.

« Gordie avait raison, vous n'êtes rien qu'une bande

de pauvres minables. Charlie et Billy ne voulaient pas de leurs putains de billes et vous le savez tous. On n'aurait pas fait cette putain de trotte à pied s'ils en avaient voulu. Ils sont juste allés dégueuler leur salade dans un coin pour qu'Ace Merrill pense à leur place. » Sa voix est montée jusqu'au cri : *« Mais vous allez pas l'avoir, vous m'entendez ?*

– Maintenant écoute, a dit Ace. Tu ferais mieux de poser ça avant de te tirer dans le pied. Tu n'aurais pas les couilles de descendre une marmotte. » Il s'est remis à avancer, avec le même sourire aimable. « Tu n'es qu'un petit cul merdeux raccourci de rien du tout et je vais te faire *bouffer* ce revolver.

– Ace, si tu ne t'arrêtes pas je te tire dessus. Je le jure sur Dieu.

– Tu irais en tauauaule », a roucoulé le grand, sans même hésiter. Il souriait toujours. Les autres le regardaient, fascinés et horrifiés... exactement comme Teddy, Vern et moi regardions Chris. Ace Merrill était le plus sale mec de la région et je ne pensais pas que Chris pourrait l'avoir au bluff. Et qu'est-ce qui restait ? Ace ne croyait pas qu'un petit merdeux de douze ans arriverait à lui tirer dessus. Je pensais qu'il avait tort ; je me suis dit que Chris allait tirer pour que l'autre ne lui prenne pas le revolver de son père. Pendant quelques secondes j'ai été sûr qu'il allait y avoir de graves ennuis, les pires que j'aie jamais connus. Des ennuis mortels, peut-être. Et tout ça pour savoir qui était prem's au sujet d'un cadavre.

Chris, doucement, sur un ton de regret : « Où tu la veux, Ace ? Le bras ou la jambe ? J'peux pas choisir. Choisis pour moi. »

Et Ace s'est arrêté.

27

Son visage s'est défait, et soudain j'y ai vu la terreur. À mon avis c'était plutôt le ton qu'avait employé Chris, plutôt que ce qu'il avait dit, son regret sincère que tout aille de mal en pis. Si c'était un bluff, c'est le meilleur que j'aie jamais vu. Les autres ont été totalement convaincus ; ils avaient le visage ratatiné, comme si quelqu'un venait d'allumer la mèche d'une bombe, une mèche courte.

Ace, lentement, a repris contrôle de lui-même. Les muscles de son visage se sont tendus, les lèvres pressées l'une contre l'autre, et il a regardé Chris comme on regarde un homme d'affaires qui vient de vous faire une proposition sérieuse – fusionner vos deux sociétés, ou gérer votre ligne de crédit, ou vous envoyer une balle dans les couilles. Une expression d'attente, presque de la curiosité, un air vous faisant savoir que la peur avait disparu ou était soigneusement enfouie. Ace avait recalculé les risques de se faire descendre et décidé qu'après tout il y en avait plus qu'il n'avait cru. Mais il était encore dangereux – peut-être plus qu'avant. Plus tard je me suis dit que je n'avais jamais vu une telle acrobatie sur le fil du rasoir. Ni l'un, ni l'autre ne bluffait, ils étaient sérieux comme la mort.

« Très bien. » Ace s'adressait à Chris, la voix aussi douce. « Mais je sais dans quel état tu vas t'en sortir, enculé.

– Non, t'en sais rien.

– Petit merdeux ! a crié Bigeye. Tu vas te retrouver dans le plâtre pour ça !

– Lèche-moi les couilles », lui a dit Chris.

Avec un grognement de rage Bigeye s'est avancé et Chris a tiré dans l'eau trois mètres devant lui. Une gerbe a jailli. Bigeye a sauté en arrière, l'injure à la bouche.

« Okay, a dit Ace. Et maintenant ?

– Maintenant vous montez dans vos caisses et vous bombez vers Castle Rock. Après ça m'est égal. Mais vous ne l'aurez pas. » Du bout trempé de son espadrille, il a touché Brower très légèrement, presque avec respect. « Vous pigez ?

– Mais on t'aura, *toi.* » Ace s'est remis à sourire : « Tu ne le sais pas ?

– Peut-être. Peut-être pas.

– On t'aura salement. Il souriait toujours. On va te faire mal. Tu le *sais*, je ne peux pas croire le contraire. On va tous vous envoyer à ce putain d'hôpital avec des putains de fractures. Franchement.

– Oh, pourquoi tu vas pas chez toi baiser ta mère une fois de plus ? J'ai entendu dire qu'elle adore ça. »

Le sourire s'est figé. « Je te tuerai pour ça. Personne ne touche à ma mère.

– On dit qu'elle baise pour de l'oseille », a continué Chris. Ace s'est mis à blêmir, et quand son teint a rejoint la pâleur terrifiante de celui de son vis-à-vis, Chris a ajouté : « En fait, on m'a dit qu'elle vous fait la totale pour dix cents à foutre dans le jukebox. On m'a dit... »

D'un seul coup, féroce, l'orage est revenu. Mais de la grêle, cette fois, au lieu de la pluie. Ce n'était plus un murmure ni une dispute qui agitait la forêt, mais les tambours de guerre sortis d'un film en pleine jungle – le bruit des gros grêlons qui mitraillaient les troncs d'arbres. J'ai reçu des cailloux sur les épaules, comme s'ils étaient lancés par une force consciente, malveillante. Pire, ils ont commencé à s'attaquer au visage de Ray Brower avec un affreux clapotement qui m'a rappelé sa présence, sa terrible et infinie patience.

Vern a cédé le premier, avec un hurlement plaintif. Il s'est enfui en haut du talus à grandes enjambées, comme sur des échasses. Teddy a tenu encore une minute et l'a suivi en courant, les mains au-dessus de sa tête. De leur côté, Vince Desjardins a pataugé vers l'abri d'un arbre et Fuzzy Bracowicz l'a rejoint. Mais les autres n'ont pas bougé d'un poil, et Ace s'est remis à sourire.

« Me lâche pas, Gordie, a dit Chris d'une voix basse et tremblante. Me lâche pas, mec.

– Je suis là.

– Allez-y, maintenant », leur a lancé Chris, et il a pu, par magie, empêcher sa voix de trembler. On aurait dit qu'il donnait des instructions à un gosse imbécile.

« On t'aura, a dit Ace. On ne va pas l'oublier, si c'est ce que tu crois. C'est pour de vrai, baby.

– Parfait. Maintenant partez, vous ferez ça un autre jour.

– On va te tendre une putain d'embuscade, Chambers. On va...

– *Tirez-vous !* » a hurlé Chris en relevant son arme. Ace a reculé.

Il a regardé Chris encore un moment, a hoché la tête, et s'est retourné. « Venez », a-t-il dit aux autres. Il a regardé Chris une dernière fois par-dessus son épaule. « On se reverra. »

Ils sont retournés dans le rideau d'arbres séparant la fondrière de la route. Chris et moi sommes restés parfaitement immobiles malgré la grêle qui nous mitraillait, nous laissait des marques rouges et s'entassait tout autour comme de la neige en plein été. Nous avons écouté sans bouger, et par-dessus le calypso dément des grêlons frappant les arbres, nous avons entendu deux voitures démarrer.

« Reste là », m'a dit Chris en traversant la boue.

« Chris ! » J'ai paniqué.

« Il le faut. Reste là. »

Il m'a semblé mettre un temps fou. J'étais sûr que Ace ou Les Mirettes étaient restés cachés et qu'ils lui avaient sauté dessus. J'ai tenu bon, avec Ray Brower pour seule compagnie, et j'ai attendu que quelqu'un – qui que ce soit – revienne. Au bout d'une éternité, ç'a été Chris.

« On les a eus, a-t-il dit. Ils sont partis.

– Tu es sûr ?

– Ouais. Les deux voitures. » Il a levé les bras au-dessus de la tête, le revolver entre ses mains serrées, et secoué les poings comme une parodie de champion. Et puis il a baissé les bras et m'a souri. Je crois que c'est le sourire le plus triste et terrifié que j'aie jamais vu. « Suce ma grosse queue – qui t'a dit que t'en avais une grosse, Lachance ?

– La plus grosse des quatre comtés. » Je tremblais de tout mon corps.

On s'est regardés avec affection, pendant une seconde, et aussitôt, gênés peut-être par ce que nous avions vu, nous avons baissé les yeux. Un affreux frisson de peur m'a traversé, et le brusque *floc, floc* des pieds de Chris m'a dit que lui aussi l'avait vu. Les yeux de Ray Brower étaient très grands, très blancs, fixes et sans pupilles, comme ceux des statues grecques. Il n'a fallu qu'une seconde pour comprendre ce qui s'était passé, mais l'horreur n'en était pas diminuée. Ses yeux s'étaient remplis de grêlons, blancs et arrondis. Les grêlons s'étaient mis à fondre et l'eau coulait sur ses joues comme si sa pose grotesque le faisait pleurer d'être cet enjeu ridicule pour quoi se battaient deux bandes de petits campagnards stupides. On aurait dit qu'il gisait déjà dans son linceul.

« Oh, Gordie, hé, a dit Chris, tremblant. Dis donc, mec. Quel film d'horreur, pour lui.

– Je ne crois pas qu'il sache...

– C'est peut-être son fantôme qu'on a entendu. Peut-être qu'il savait ce qui allait se passer. Quel putain de film d'horreur, franchement. »

Derrière nous des branches ont craqué. J'ai pivoté sur place, sûr qu'ils nous avaient encerclés, mais Chris s'est remis à contempler le corps après avoir jeté un bref coup d'œil, presque négligemment. C'étaient Vern et Teddy, leurs jeans trempés, noirs, leur collant aux jambes, souriant tous les deux comme des chiens ayant gobé un œuf.

« Qu'est-ce qu'on va faire, mec ? » a dit Chris, et un frisson bizarre m'a traversé. Peut-être qu'il me parlait, peut-être... mais il continuait à regarder le cadavre.

« On va le ramener, pas vrai ? » a demandé Teddy, déconcerté. « On va être des héros. C'est pas vrai ? » Ses yeux allaient de Chris à moi, revenaient sur Chris.

Chris a levé la tête comme s'il sortait brusquement d'un rêve. Il a fait la grimace, fait trois grands pas vers Teddy, lui a mis ses mains sur la poitrine et l'a brutalement poussé en arrière. Teddy a trébuché, battu des bras pour garder l'équilibre, puis est tombé le cul par terre avec un grand floc. Il a regardé Chris en clignant des yeux comme un rat musqué surpris dans son trou. Vern, lui, l'a surveillé d'un œil méfiant, comme s'il redoutait une crise de folie. Il n'était peut-être pas loin du compte.

« Tu fermes ta gueule, a dit Chris. Parachutistes sautez mon cul. Pauvre dégonflé en mie de pain.

– C'était la *grêle !* a crié Teddy, plein de honte et de colère. Ce n'étaient pas ces mecs, Chris ! J'ai peur des *orages !* Je n'y peux rien ! Je les aurais pris tous ensemble, je le jure sur la tombe de ma mère ! Mais j'ai peur des *orages !* Merde ! Je n'y peux rien ! » Il s'est remis à pleurer, toujours assis dans l'eau.

« Et toi ? » Chris s'est tourné vers Vern : « Tu as peur des orages, toi aussi ? »

Vern a secoué la tête d'un air abruti, encore sidéré par la colère de Chris. « Hé, mec, je croyais qu'on se sauvait tous les quatre.

– Alors t'as dû lire dans les pensées, parce que tu t'es sauvé le premier. »

Vern a dégluti, deux fois, n'a rien dit.

Chris l'a regardé, les yeux fous. Et il s'est tourné vers moi. « On va lui faire un brancard, Gordie.

– Comme tu veux, Chris.

– Sûr ! Comme chez les scouts. » Il a pris une voix aiguë, étrange, nasillarde : « Exactement comme chez ces putains de scouts. Un brancard – des branches et nos chemises. Comme dans le manuel. Pas vrai, Gordie ?

– Ouais. Si tu veux. Mais si ces types...

– *Qu'ils aillent se faire foutre !* a-t-il hurlé. *Allez vous faire foutre, tarés !*

– Chris, ils peuvent appeler le commissaire. Pour se venger.

– *Il est à nous et on va l'emmener !*

– Ces types feraient n'importe quoi pour nous couler », lui ai-je dit d'une voix qui m'a paru faible, stupide, grippée. « Diraient n'importe quoi et mentiraient en rond. Tu sais comme on peut foutre les gens dans la merde avec des mensonges, mec. Comme avec l'argent du...

– JE M'EN FOUS ! » Il s'est jeté sur moi, les poings en avant. Mais un de ses pieds a heurté le torse de Brower avec un bruit mou, faisant osciller le cadavre. Chris est tombé de tout son long, et j'ai attendu qu'il vienne me casser la gueule, mais il est resté à plat ventre, la tête vers le talus, les bras levés comme un plongeur qui va sauter, exactement comme nous avions trouvé Ray Brower. Affolé, j'ai regardé ses pieds pour être sûr qu'il avait toujours ses espadrilles. Alors il s'est mis à pleurer, à crier, se tordant dans l'eau boueuse qui rejaillissait, tambourinant des poings dans la boue et secouant la tête dans tous les sens. Teddy, Vern et moi l'avons regardé bouche bée ; personne n'avait jamais vu pleurer Chris Chambers. Au bout d'un moment je suis remonté en haut du talus et je me suis assis sur un rail. Teddy et Vern m'ont suivi. Nous sommes restés sous la pluie, sans parler, comme les trois singes qu'on vend dans les bazars pouilleux qui ont toujours l'air au bord de la faillite.

28

C'est vingt minutes plus tard que Chris a grimpé sur le talus pour nous rejoindre. Les nuages commençaient à s'effilocher. Le soleil envoyait des flèches par leurs déchirures. En trois quarts d'heure les buissons avaient viré du vert clair au vert foncé. Chris était couvert de boue de la tête aux pieds, les cheveux hérissés de pointes boueuses. Il n'avait de propre que le tour des yeux, lavé par les larmes.

« Tu as raison, Gordie, a-t-il dit. Personne n'est prem's. Un guignon jusqu'au bout, hein ? »

J'ai hoché la tête. Cinq minutes se sont écoulées. On n'a rien dit. Et il m'est venu une idée – juste au cas où ils appelleraient vraiment Bannerman. Je suis redescendu jusqu'où Chris leur avait tenu tête. Je me suis mis à genoux et j'ai tamisé soigneusement l'eau et les herbes entre mes doigts.

« Qu'est-ce que tu fais ? » Teddy m'avait rejoint.

« C'est sur ta gauche, je crois », a dit Chris en tendant le bras.

J'ai regardé par là et une minute après j'ai trouvé les deux cartouches qui me clignaient de l'œil sous le soleil retrouvé. Je les ai données à Chris. Il a approuvé de la tête et les a fourrées dans une poche de son jean.

« Maintenant on y va, a-t-il dit.

– Hé, allons-y ! » a crié Teddy, soudain angoissé. « Je veux *l'emporter !*

– Écoute, crétin, lui a dit Chris, si on le ramène on peut tous atterrir en maison de correction. C'est comme dit Gordie. Ces types peuvent inventer n'importe quelle histoire. Et s'ils disaient que c'est *nous* qui l'avons tué, hein ? Ça te plairait ?

– J'en ai rien à foutre. » Teddy s'est renfrogné, puis a relevé les yeux avec un espoir absurde. « En plus, on n'aurait peut-être que deux mois à faire. Pour complicité, je veux dire, on n'a que douze ans, putain, ils vont pas nous envoyer à Shawshank.

– Tu peux pas entrer dans l'armée si t'as un casier, Teddy », a dit Chris d'une voix douce.

J'étais presque sûr que c'était un mensonge éhonté – mais ce n'était peut-être pas le moment de le dire.

Teddy a longuement regardé Chris, la bouche tremblante. Finalement il a réussi à couiner : « T'fous d'moi ?

– Demande à Gordie. »

Il m'a regardé, plein d'espoir.

« Il a raison. » J'avais l'impression d'être une vraie merde. « Il a raison, Teddy. Premier truc qu'ils font quand tu t'engages c'est de vérifier ton casier.

– Merde !

– On va se traîner le cul jusqu'au ponton, a dit Chris. Ensuite on va quitter la voie et rentrer à Castle Rock par un autre côté. Si on nous demande où on était, on dira qu'on est allés camper sur Brickyard Hill et qu'on s'est perdus.

– Milo Pressman ne marchera pas, ai-je dit. Ce taré du Florida non plus.

– Bon, on dira que Milo nous a fait peur et que c'est là qu'on a décidé de monter sur le Brickyard. »

J'ai approuvé. Ça pourrait marcher. Si Vern et Teddy arrivaient à s'en souvenir.

« Et si nos vieux veulent se parler ? a demandé Vern.

– Fais-toi peur avec ça si tu veux, lui a dit Chris. Le mien sera encore imbibé.

– Alors allons-y », a dit Vern en surveillant le rideau d'arbres qui nous séparait de la route. Il avait l'air de croire que Bannerman et une meute de chiens féroces allaient déboucher par là d'un instant à l'autre. « Allons-y pendant que ça va. »

On était tous les quatre debout, prêts à partir. Les oiseaux chantaient comme des fous, ravis à cause de la pluie, du soleil, des vers et de toute la création, j'imagine. On s'est retournés comme des pantins et on a regardé Ray Brower.

Il était toujours là, de nouveau seul. Ses bras étaient retombés quand on l'avait retourné et il avait bras et jambes en croix, comme pour profiter du soleil. À première vue tout allait bien, c'était une scène mortuaire plus naturelle que toutes celles jamais inventées par les morticoles des pompes funèbres. Ensuite on voyait les contusions, le sang séché au-dessus de la bouche et sous le menton, et la façon dont le corps commençait à enfler. On voyait que les mouches à merde étaient ressorties avec le soleil et qu'elles tournaient autour du corps avec un bourdonnement insolent. On se souvenait de cette odeur de gaz, à la fois sèche et malade, comme des pets dans une chambre close. C'était un garçon de notre âge, il était mort, et je refusais l'idée qu'il y ait là quoi que ce soit de naturel, je la repoussais avec horreur.

« Okay », a dit Chris d'un ton qu'il voulait plein d'entrain, mais sa voix est sortie de sa gorge comme une poignée de brins de paille arrachée à un vieux balai tout sec. « Pas accéléré. »

Presque au trot, nous sommes repartis par où nous étions venus. Sans parler. Pour les autres, je ne sais pas, mais je pensais trop pour pouvoir parler. Certains détails du corps de Ray Brower me tracassaient – et me tracassent encore aujourd'hui.

Un coup sur le côté du visage, une déchirure du cuir chevelu, un saignement de nez. Rien d'autre – en tout cas rien de visible. Des gens, après une bagarre dans un bar, sont dans un plus sale état, et ils continuent à boire. Pourtant le train *devait* l'avoir heurté ; autrement, qu'est-ce qui aurait pu le déchausser ? Et pourquoi le conducteur ne l'avait-il pas vu ? Se pouvait-il que le train l'ait heurté assez fort pour le renverser mais pas assez pour le tuer ? Je me suis dit que c'était possible, en tenant compte de toutes les circonstances. La locomotive lui aurait donné un bon coup à lui déchausser les dents alors qu'il allait sauter ? L'aurait envoyé faire un saut périlleux en arrière là où le talus s'était effondré ? Il serait resté conscient, frissonnant dans le noir pendant des heures, n'ayant plus seulement perdu son chemin mais son orientation, coupé du monde ? Peut-être était-il mort de peur. Un jour un oiseau dont on avait écrasé la queue était mort de cette façon entre mes mains. Son corps tremblait, vibrait légèrement, son bec s'ouvrait, se refermait, ses yeux noirs et brillants me regardaient. Et puis la vibration s'est tue, le bec est resté à demi ouvert et les yeux noirs sont devenus ternes et indifférents. Il en avait peut-être été de même avec Ray Brower. Il avait pu mourir tout simplement parce qu'il avait trop peur pour continuer à vivre.

Mais il y avait autre chose, et qui me tracassait plus que tout. Il était parti cueillir des mûres. Je me souvenais vaguement des informations disant qu'il avait emporté une cruche pour y mettre les mûres. Quand nous sommes rentrés je suis allé à la bibliothèque et j'ai vérifié dans les journaux. Il allait cueillir des mûres et il avait un seau, ou un pot - quelque chose comme ça. Mais nous ne l'avions pas trouvé. On l'avait trouvé, lui, et on avait trouvé ses baskets. Il avait dû jeter son seau entre Chamberlain et la mare de boue où on l'avait trouvé. Peut-être au début s'était-il cramponné à ce seau comme s'il était lié à sa maison, à la sécurité. Mais à mesure que sa peur montait, et l'impression d'être complètement seul, sans que rien puisse le sauver que ce qu'il pourrait accomplir lui-même, quand une terreur glacée l'a pris, peut-être a-t-il jeté son seau d'un côté ou d'un autre des voies, sans presque s'apercevoir de sa disparition.

Depuis j'ai pensé à revenir pour chercher le seau

– cela vous paraît-il assez morbide ? J'ai pensé suivre la route de Back Harlow dans mon break Ford presque neuf, tout seul, laissant ma femme et mes enfants très loin dans un autre monde, un monde où quand il fait noir on appuie sur un bouton et la lumière s'allume. J'y ai pensé. Sortir mon sac de l'arrière du break et le poser sur le pare-chocs spécial pour ôter ma chemise et la nouer autour de ma taille. Me frotter la poitrine et les épaules avec du Muskol antimoustiques et me frayer un chemin dans la forêt jusqu'où était cette fondrière, là où nous l'avions trouvé. À cet endroit, suivant les contours de son corps, l'herbe serait-elle encore jaune ? Sûrement pas, il n'y aurait aucune trace, mais on se pose quand même la question et on se rend compte de la mince barrière qui sépare le costume de l'homme rationnel – la veste en velours de l'écrivain, avec des pièces en cuir aux deux coudes – et les gorgones mythiques et bondissantes de l'enfance. Ensuite grimper sur le talus, aujourd'hui couvert de mauvaises herbes, et suivre lentement les traverses pourries et les rails mangés de rouille dans la direction de Chamberlain.

Un rêve idiot. Partir à la recherche d'un seau à mûres oublié depuis vingt ans, probablement lancé très loin dans la forêt, enterré par un bulldozer défrichant le terrain pour une maison préfabriquée ou si bien recouvert par les ronces et les herbes qu'il est à jamais invisible. Mais je suis sûr qu'il est toujours là, quelque part le long de la voie abandonnée, et parfois l'envie d'y aller voir est presque irrésistible. D'habitude elle me vient le matin, quand ma femme prend sa douche, que les gosses regardent *Batman* et *Scooby-Doo* sur le canal 38 de Boston, et que je me sens au plus près du Gordon Lachance préadolescent qui a jadis parcouru la surface de la terre, marché, parlé, et parfois rampé sur le ventre comme un reptile. Ce garçon, c'était *moi*, je crois. Et la pensée qui suit, glaçante comme une giclée d'eau froide, est celle-ci : *De quel garçon parles-tu ?*

En buvant une tasse de thé, en regardant le soleil s'infiltrer par les fenêtres de la cuisine, en entendant la douche à un bout de la maison et la TV à un autre, en sentant derrière mes yeux la palpitation qui signifie que j'ai bu une bière de trop la nuit d'avant, je suis sûr que je pourrais le retrouver. Je verrais le métal me cligner de l'œil à travers la rouille, me renvoyer droit dans les yeux le clair soleil d'été. Je descendrais au bas du talus, j'écarterais les herbes qui auront poussé et se seront enroulées autour de l'anse, et ensuite je... quoi ? Voyons, je l'arracherais au temps, tout simplement, je le prendrais, le tournerais, m'étonnerais à son contact, m'émerveillerais de savoir que la dernière personne qui l'avait touché était enterrée depuis longtemps. Imaginons qu'il y ait un mot à l'intérieur ? *Au secours, je suis perdu.* Il n'y aurait rien, bien sûr – les gosses ne vont pas cueillir des mûres avec un crayon et du papier – mais imaginons tout de même. Il me semble que je serais saisi d'une terreur aussi noire qu'une éclipse. Pourtant, je crois qu'il s'agit surtout d'avoir ce seau entre les mains – symbole de ma vie tout autant que de sa mort, preuve que je sais vraiment quel garçon c'était – lequel des cinq. L'avoir entre les mains. Lire chaque année écoulée dans la croûte de rouille et l'éclat terni de l'émail. Le toucher, essayer de sentir les soleils qui l'ont réchauffé, les pluies qui l'ont lavé, les neiges qui l'ont recouvert. Et me demander où j'étais quand tout cela lui est arrivé au fond de sa solitude, où j'étais, qu'est-ce que je faisais, qui j'aimais, comment je vivais, où j'étais. Je l'aurais entre les mains, je le toucherais, je le lirais... et je regarderais mon visage dans le pauvre reflet qu'il renverrait. Vous pigez ?

29

Nous sommes arrivés à Castle Rock dimanche matin, un peu après cinq heures, le lendemain de la fête du Travail. Nous avions marché toute la nuit sans nous plaindre, malgré nos ampoules aux pieds et une faim de loup. Une migraine épouvantable me tenaillait la tête, la fatigue me crispait et me brûlait les jambes. Deux fois nous avions dû dégringoler au bas du talus pour éviter des trains de marchandises. L'un d'eux allait dans le bon sens, mais trop vite pour sauter dessus. Le jour pointait lorsque nous avons rejoint la passerelle au-dessus de la Castle. Chris l'a regardée, a regardé la rivière, nous a regardés.

« Fait chier. Je passe. Si je me fais écraser par un train je n'aurais plus à m'inquiéter de ce connard d'Ace Merrill. »

Nous sommes tous passés. En traînant la jambe, je dois dire. Aucun train n'est venu. En arrivant à la décharge nous avons escaladé le grillage (ni Milo ni Chopper, pas si tôt, et pas le dimanche matin) et nous sommes allés directement à la pompe. Vern a pompé et chacun à notre tour nous nous sommes mis la tête sous le jet glacé, nous nous sommes passé de l'eau sur le corps et nous avons bu jusqu'à en éclater. Ensuite nous avons dû remettre nos chemises à cause du froid. Nous avons marché – boitillé – jusqu'à la ville et nous sommes restés un moment sur le trottoir en face du terrain vague, les yeux fixés sur notre arbre pour ne pas avoir à nous regarder.

« Bon, a fini par dire Teddy, on s'voit mercredi à l'école. Je crois que je vais dormir deux jours.

– Moi aussi, a dit Vern. Je suis trop crevé pour baver. »

Chris sifflotait sans bruit entre ses dents. Il n'a rien dit.

« Hé, mec, a dit Teddy, embarrassé, sans rancune, okay ?

– Non. » Soudain le visage sombre et fatigué de Chris s'est éclairé d'un grand sourire : « On l'a eu, non ? On l'a eu, ce salaud.

– Ouais, a dit Vern. T'as foutrement raison. Maintenant c'est Billy qui va m'avoir, moi.

– Et alors ? a dit Chris. Richie va me tomber dessus et Ace va probablement tomber sur Gordie et un autre va tomber sur Teddy. Mais on les a eus.

– C'est vrai. » Mais Vern gardait son air malheureux.

Chris m'a regardé. « On l'a fait, n'est-ce pas ? a-t-il dit à voix basse. Ça valait le coup, pas vrai ?

– Bien sûr, ai-je dit.

– Allez vous faire foutre », a dit Teddy sèchement, genre ça-ne-m'intéresse-plus. « À vous entendre on se croirait à l'Heure de Vérité. Lâchez-moi les baskets, les mecs. Je vais aller sonner chez moi pour voir si ma mère ne m'a pas fait rechercher comme Ennemi Public N° 1. »

On a ri, Teddy nous a fait son regard surpris, Oh-Seigneur-qu'est-ce-que-j'ai-fait ? et on lui a serré la pince. Ensuite Vern et lui sont partis de leur côté et j'aurais dû partir du mien... mais j'ai hésité un instant.

« Te raccompagne, a dit Chris.

– Sûr, okay. »

On a marché un bloc ou deux sans rien dire. Castle Rock était d'un calme impressionnant au petit matin, et j'ai éprouvé un sentiment quasi mystique, la fatigue s'évanouissant de mon corps. On était réveillés, le monde entier dormait et je m'attendais presque, au coin de la rue, à voir mon cerf au bout de Carbine Street, là où la voie de chemin de fer passe devant les quais de la filature.

« Ils vont parler, a dit Chris, finalement.

– Ça oui, tu peux parier. Mais pas aujourd'hui ni demain, si c'est ça qui t'inquiète. Ils mettront longtemps avant de parler. Peut-être des années. »

Il m'a regardé, surpris.

« Ils ont peur, Chris. D'abord Teddy, que l'armée le refuse. Mais Vern a peur, lui aussi. Ils vont passer quelques mauvaises nuits, et à l'automne il y aura des moments où ils l'auront sur le bout de la langue, mais je ne crois pas qu'ils en parleront. Et puis... tu sais quoi ? Putain, c'est dingue, mais... je crois qu'ils vont presque oublier que c'est arrivé. »

Il hochait lentement la tête. « Je n'y avais pas pensé de cette façon. Tu vois à travers les gens, Gordie.

– Mec, j'aimerais bien.

– Mais c'est vrai ! »

On a continué en silence.

« J'pourrai jamais sortir de ce bled, a dit Chris en soupirant. Quand tu rentreras de la fac pour les grandes vacances, tu pourras me voir chez Sukey, avec Vern et Teddy, à la sortie de l'équipe de sept à trois. Si t'as envie. Sauf que t'auras probablement jamais envie. » Il a eu un rire inquiétant.

« Arrête tes conneries », ai-je répondu en voulant me faire passer pour plus dur que je n'étais – je repensais à notre équipée en pleine forêt ; à Chris disant : *Et je l'ai peut-être rapporté à la vieille Mme Simons en le lui avouant, et peut-être qu'il y avait tout l'argent mais que j'ai eu quand même trois jours de vacances parce que l'argent n'a jamais reparu. Et peut-être qu'une semaine après la vieille Mme Simons a mis une jupe neuve pour venir à l'école...* Son expression. Ses yeux.

J'ai frotté mon petit doigt contre mon pouce : « Voilà le plus petit violon du monde en train de jouer *Mon cœur pleure pour toi de la pisse bien rouge.*

– Il était *à nous* », a dit Chris. La lumière du matin lui faisait des yeux noirs.

On était arrivés au coin de ma rue et on s'est arrêtés. Il était six heures moins le quart. Derrière nous, au centre de la ville, on a vu le camion du *Telegram* stopper devant la papeterie de l'oncle de Teddy. Un homme en jean et tee-shirt a lancé un paquet de journaux qui a rebondi à l'envers sur le trottoir, laissant voir les BD en couleurs (toujours Dick Tracy et Blondie en première page). Le camion s'est remis en marche, voulant absolument distribuer le monde extérieur à toutes les haltes de sa tournée – Otisfield, Norway-South Paris, Waterford, Stoneham. Je voulais encore dire quelque chose à Chris mais je ne savais pas comment.

« Serre-moi la pince, mec. » Il semblait fatigué.

« Chris...

– La pince. »

Je la lui ai serrée. « On se voit bientôt. »

Il a souri – son sourire joyeux, ensoleillé. « Pas si je te vois le premier, tête de nœud. »

Il est parti en riant, d'un pas souple et gracieux, comme s'il n'avait pas mal, autant que moi, comme s'il n'avait pas des ampoules, autant que moi, comme s'il n'avait pas été piqué et taraudé par les moustiques, les chiques et les mouches noires, autant que moi. Comme s'il n'avait aucun souci au monde, comme s'il allait retrouver un appart superbe au lieu d'une maison de trois pièces (une baraque, plutôt) sans eau courante, avec des carreaux cassés recouverts de plastique et un frère qui l'attendait probablement à l'entrée. Même si j'avais su ce qu'il fallait dire, je n'aurais peut-être rien dit. La parole détruit les fonctions de l'amour, me semble-t-il – qu'un écrivain dise ça peut paraître énorme, mais je crois que c'est vrai. Ouvrez la bouche pour dire à un cerf que vous ne lui voulez aucun mal et vous le voyez filer avec un bref coup de queue. Le mot fait mal. L'amour n'est pas ce que des trouducs de poètes comme McKuen veulent vous faire croire. L'amour a des dents et ses morsures ne guérissent jamais. Aucun mot, aucune combinaison de mots ne peut refermer ces morsures d'amour. C'est l'inverse qui est vrai, ironiquement. Quand ces blessures cicatrisent, ce sont les mots qui meurent. Croyez-moi. J'ai fait ma vie avec des mots, et je sais que c'est vrai.

30

La porte de derrière était fermée, alors j'ai pris la clef sous le paillasson et je suis entré. La cuisine était vide, silencieuse, d'une propreté suicidaire. J'ai allumé et j'ai entendu le bourdonnement des néons posés au-dessus de l'évier. Cela faisait réellement des années que je n'avais pas été debout avant ma mère ; je ne me souvenais même pas de quand c'était arrivé.

J'ai ôté ma chemise et je l'ai mise dans le panier à linge sale derrière la machine à laver. J'ai pris un chiffon propre sous l'évier et je me suis lavé – le visage, le cou, les aisselles, le ventre. Ensuite j'ai ouvert mon pantalon et je me suis frotté l'entrejambe – surtout les testicules – jusqu'à ce que ça fasse mal. Comme si cet endroit ne serait jamais assez propre, bien que la marque rouge de la sangsue s'effaçait rapidement. J'ai toujours une minuscule cicatrice en forme de croissant. Un jour ma femme m'a demandé pourquoi et je lui ai raconté un mensonge sans même le vouloir.

Quand j'ai eu fini, j'ai jeté le chiffon. Il était trop sale.

J'ai sorti une douzaine d'œufs et je me suis fait six œufs brouillés. Quand ils ont commencé à se figer dans la poêle, j'ai ajouté de la purée d'ananas et un quart de litre de lait. Je me mettais à table quand ma mère est entrée, ses cheveux gris noués en chignon. Elle portait un vieux peignoir rose et fumait une Camel.

« Gordon, où étais-tu passé ?

– Je campais. » Je me suis mis à manger. « On est partis du pré de chez Vern et on est montés sur Brickyard Hill. La mère de Vern a dit qu'elle vous appellerait. Elle l'a fait ?

– Elle a dû parler avec ton père », a-t-elle dit avant de glisser vers l'évier comme un fantôme vêtu de rose. Les tubes au néon ne ménageaient pas son visage et lui donnaient un teint presque jaune. Elle a soupiré... presque sangloté : « C'est surtout le matin que Dennis me manque. Chaque fois je regarde dans sa chambre et chaque fois elle est vide, Gordon. Chaque fois.

– Ouais, c'est une vacherie.

– Il dormait toujours la fenêtre ouverte et les couvertures... Gordon ? Tu as dit quelque chose ?

– Rien d'important, maman.

– ... et les couvertures relevées jusqu'au menton. » Ensuite elle a regardé par la fenêtre en me tournant le dos. J'ai continué à manger. Je tremblais de partout.

31

L'histoire ne s'est jamais sue.

Oh, je ne veux pas dire qu'on n'a jamais retrouvé le corps de Ray Brower, non. Mais ça n'a pas été porté au crédit de notre bande ni de la leur. En fin de compte Ace a dû penser que le plus sûr était un coup de fil anonyme, puisque c'est comme ça que ça s'est passé. Ce que je veux dire c'est que nos parents n'ont jamais appris ce qu'on avait fabriqué pendant le week-end de la fête du Travail.

Le père de Chris était toujours en train de boire, comme il l'avait prévu. Sa mère était allée chez sa sœur à Lewiston, comme elle faisait chaque fois que M. Chambers partait en bordée. Elle était partie en laissant les petits à Bigeye, lequel avait honoré ses responsabilités en partant à son tour avec Ace et ses copains, abandonnant Sheldon, neuf ans, Emery, cinq ans, et Deborah, deux ans, à la grâce de Dieu.

La mère de Teddy s'était inquiétée au soir du second jour et avait appelé celle de Vern. Celle-ci, qui n'aurait jamais gagné deux sous même dans un jeu TV, lui a dit qu'ils étaient toujours sous la tente. Elle le savait parce qu'elle avait vu la tente éclairée la nuit précédente. La mère de Teddy a dit qu'elle espérait bien que personne ne fumait là-dedans, et celle de Vern a répondu qu'elle avait plutôt vu une lampe torche, et qu'en plus elle était sûre qu'aucun des amis de Vern ou de Billy ne fumait.

Mon père m'a vaguement posé quelques questions, s'est légèrement troublé devant mes réponses évasives, a dit que nous irions ensemble à la pêche un de ces jours, et rien de plus. Si les parents s'étaient rencontrés pendant la semaine, ou plus tard, tout se serait écroulé... mais ils ne l'ont jamais fait.

Milo Pressman n'a jamais rien dit, lui non plus. À mon avis il a dû y réfléchir à deux fois : ce serait notre parole contre la sienne et on dirait qu'il avait lancé son chien sur moi.

Donc l'histoire ne s'est jamais sue... mais elle n'était pas finie pour autant.

32

Un jour, vers la fin du mois, alors que je rentrais chez moi en sortant de l'école, une Ford 52 noire s'est rabattue vers le trottoir devant moi. Il n'y avait pas à s'y tromper. Des enjoliveurs et des flancs blancs de gangsters, des pare-chocs chromés géants et une tête de mort en bakélite enchâssant une rose au milieu du volant. Sur la plage arrière on avait peint un valet borgne et un deux. En dessous, en lettres gothiques, les mots ATOUT FOU.

Les portières ont volé. Ace Merrill et Fuzzy Bracowicz sont sortis.

« Une mauviette, pas vrai ? » m'a dit Ace avec son sourire aimable. « Ma mère adore ce que je lui fais, pas vrai ?

– On va te massacrer, mec », a dit Fuzzy.

J'ai laissé tomber mes livres sur le trottoir et j'ai couru. Je me suis magné les miches mais ils m'ont rattrapé avant le coin de la rue. Ace m'a lancé un coup de nunchaku et je me suis étalé sur le pavé, menton en avant. Je n'ai pas seulement vu trente-six chandelles, mais des constellations entières, des galaxies. Je pleurais déjà quand ils m'ont relevé, pas tant à cause de mes coudes et de mes genoux qui saignaient, ni même parce que j'avais peur – c'était une rage immense et impuissante qui me faisait pleurer. Chris avait raison. Le corps, il était à nous, pas à eux.

Je me suis débattu, tordu dans tous les sens, et j'ai failli me libérer. Alors Fuzzy m'a envoyé son genou dans l'entrejambe. Une douleur stupéfiante, incroyable, incomparable ; elle a élargi l'horizon de la souffrance du bon vieil écran large à la Vistavision. Je me suis mis à hurler. Ce qui me restait de mieux à faire.

Ace m'a frappé deux fois au visage, deux bons coups balancés de très loin. Le premier m'a fermé l'œil gauche ; il a fallu quatre jours pour que je recommence à y voir de cet œil. Le second m'a brisé le nez avec un craquement comme ceux qui vous résonnent dans la tête quand on mâche des céréales. À ce moment-là la vieille Mme Chalmers est sortie sur son perron, serrant sa canne dans une main déformée par l'arthrite, avec un cigare planté au coin des lèvres. Elle s'est mise à vociférer :

« Hé ! Hé là-bas, les garçons ! Arrêtez ça ! Police ! Poliiice !

– Que je ne te voie plus dans le coin, fouille-merde », m'a dit Ace en souriant. Ils m'ont lâché et je me suis assis, pour aussitôt me plier en deux, les mains sur mon bas-ventre douloureux, tristement certain de vomir et de mourir ensuite. Je pleurais toujours. Mais quand Fuzzy m'a contourné, la vision de son jean retourné au-dessus de ses bottes de moto m'a rendu enragé. Je l'ai attrapé et je lui ai mordu le mollet à travers son pantalon. Mordu de toutes mes forces. Fuzzy, à son tour, s'est mis à crier. Il s'est mis aussi à sauter à cloche-pied tout en m'accusant, chose incroyable, d'employer des coups bas. Pendant que je le regardais sautiller en rond, Ace m'a écrasé la main gauche de sa botte, me cassant deux doigts. Je les ai entendus se briser. Ce n'était plus un bruit de céréales craquantes, mais un bruit de bretzels qu'on casse en deux. Et puis ils sont retournés à leur voiture, Fuzzy sautant sur un pied sans cesser de m'injurier. Je me suis roulé en boule sur le trottoir, en pleurant. Tante Evvie Chalmers est descendue de son perron en donnant de grands coups de canne sur le sol. Elle m'a demandé si j'avais besoin d'un médecin. Je me suis rassis et j'ai presque réussi à m'empêcher de pleurer. Je lui ai dit que non.

« Quelle connerie », a-t-elle beuglé. Tante Evvie était sourde et beuglait tout le temps. « J'ai vu où cette brute t'avait touché. Mon garçon, tes bijoux de famille vont devenir aussi gros que des pamplemousses. »

Elle m'a fait entrer chez elle, m'a mis un chiffon mouillé sur le nez – qui commençait à ressembler à une courge – et m'a donné une grande tasse d'un café au goût pharmaceutique qui a paru me calmer. Elle insistait en beuglant pour appeler un médecin et je lui répétais que non. Elle a fini par abandonner et je suis rentré chez moi. Je suis rentré, mais très lentement. Mes couilles n'étaient pas encore aussi grosses que des pamplemousses, mais ça venait.

Dès qu'ils m'ont vu mes parents m'ont sauté dessus – j'étais à moitié surpris qu'ils se soient rendu compte de quoi que ce soit, à vrai dire. Qui étaient ces garçons ? Est-ce que je pourrais les reconnaître au cours d'une identification ? Ça c'était mon père, qui ne manquait jamais *Naked City* ni *Les Incorruptibles*. Non, je ne croyais pas pouvoir les reconnaître au cours d'une identification. J'étais fatigué. En fait je pense que j'étais en état de choc – et plus qu'à moitié ivre grâce au café de tante Evvie qui devait contenir soixante pour cent de cognac. J'ai dit qu'ils venaient d'une ville voisine ou de « la grande ville » – expression consacrée pour désigner Lewiston-Auburn.

Ils ont pris le break pour m'emmener chez le Dr Clarkson – Clarkson, qui est encore en vie, était à l'époque assez vieux pour parler avec Dieu d'un fauteuil roulant à l'autre. Il m'a bandé le nez et les doigts et a donné à ma mère une ordonnance pour un analgésique. Ensuite il les a fait sortir de son cabinet sous un prétexte quelconque et s'est approché de moi en traînant les pieds, comme Boris Karloff en face de Igor.

« Qui a fait ça, Gordon ?

– Je ne sais pas, docteur Cla...

– Tu mens.

– Non monsieur. Huh-uh. »

Ses joues jaunâtres se sont empourprées. « Pourquoi faut-il que tu protèges les crétins qui t'ont fait ça ? Crois-tu qu'ils vont te respecter pour autant ? Ils vont en rire et te traiter d'imbécile ! Oh, ils vont dire, voilà le petit con qu'on a dérouillé pour se marrer l'autre jour. Ha-ha ! Ho-ho ! Hi-hi-ho-ha !

– Je ne les connais pas. C'est vrai. »

Je voyais que ça lui démangeait de me secouer les prunes, mais naturellement il ne pouvait pas faire ça. Alors il m'a renvoyé à mes parents, secouant ses cheveux blancs et marmonnant quelque chose sur les délinquants juvéniles. Il allait sûrement en parler le soir même à Dieu, son vieil ami, entre un cigare et un verre de cognac.

Qu'Ace, Fuzzy et les autres troudics me respectent ou

non, me trouvent stupide ou non, ou m'oublient complètement, je m'en foutais. Mais je pensais à Chris. Son frère lui avait cassé le bras en deux endroits et transformé le visage en lever de soleil au Canada. Il avait fallu qu'on lui mette une broche en acier dans le coude. Mme McGinn, leur voisine, avait vu Chris tituber le long du fossé, le sang lui coulant des oreilles, en train de lire une BD. Elle l'avait emmené aux urgences et Chris avait dit au médecin qu'il était tombé dans l'escalier de la cave.

« Bien sûr », avait répondu le médecin, aussi dégoûté que le Dr Clarkson l'avait été par moi, et il avait téléphoné au commissaire Bannerman.

Pendant qu'il appelait de son bureau, Chris avait marché lentement jusqu'au bout du couloir, tenant son bras provisoirement en écharpe contre sa poitrine pour qu'il ne bouge pas en faisant frotter les os brisés, et il avait mis cinq cents dans le taxiphone pour appeler Mme McGinn – il m'a dit plus tard que c'était le premier appel en PCV qu'il ait jamais fait, et il crevait de trouille qu'elle le refuse mais elle l'avait accepté.

« Chris, est-ce que tu vas bien ?

– Oui, merci.

– Je suis désolée de n'avoir pu rester, Chris, mais j'avais des tartes dans le...

– Ça va très bien, ma'ame McGinn, avait dit Chris.

Est-ce que vous voyez la Buick dans notre cour ? » La Buick était la voiture de sa mère. Elle avait dix ans et quand le moteur chauffait on aurait dit qu'on faisait frire des Hush Puppies.

« Elle y est », avait-elle dit prudemment. Valait mieux ne pas trop se mêler des affaires des Chambers. De la racaille blanche, des Irlandais de bidonville.

« Voudriez-vous aller dire à ma mère de descendre à la cave et d'enlever l'ampoule électrique ?

– Chris, vraiment, mes tartes...

– Dites-lui, avait continué Chris, implacable, de le faire tout de suite. À moins qu'elle ne veuille que mon frère aille en prison. »

Il y avait eu un long, long silence, et elle avait accepté sans poser de questions, et sans que Chris ait à lui mentir. Bannerman était bien venu chez les Chambers, mais Richie Chambers n'était pas allé en prison.

Vern et Teddy avaient souffert, eux aussi, mais moins durement que Chris ou moi. Quand Vern était rentré, Billy l'attendait. Il l'a attaqué à coups de tisonnier, assez fort pour l'assommer au bout de quatre ou cinq coups. Vern est tombé dans les pommes, mais Billy a eu peur de l'avoir tué et s'est arrêté. Teddy s'est fait prendre par trois d'entre eux en rentrant de notre terrain vague. Ils l'ont cogné et lui ont brisé ses lunettes. Il s'est défendu, mais les autres n'ont plus voulu se battre quand ils l'ont vu les chercher à tâtons comme un aveugle.

À l'école on restait ensemble, comme un commando rescapé de la guerre de Corée. Personne ne savait exactement ce qui s'était passé, mais tout le monde comprenait qu'on avait eu une sérieuse bagarre avec des grands et qu'on s'était comportés comme des hommes. Quelques histoires ont circulé. Toutes complètement à côté de la plaque.

Une fois les plâtres ôtés et les blessures guéries, Vern et Teddy nous ont perdus de vue. Ils avaient découvert un nouveau groupe de contemporains qu'ils pouvaient dominer. Des petits merdeux, pour la plupart – des troudues de cinquième, crasseux et pleins de croûtes –, mais Vern et Teddy les faisaient venir dans notre club, leur donnaient des ordres, se pavanaient comme des généraux nazis.

Chris et moi sommes venus de moins en moins, et au bout de quelque temps, par défaut, l'endroit leur est resté. Je me souviens d'y être monté une fois au printemps 1961 et d'avoir remarqué que ça sentait comme dans une marmite. Je ne me rappelle pas y être jamais retourné. Lentement, Teddy et Vern sont devenus deux visages de plus dans les couloirs ou dans la salle des colles. On se faisait un signe, un salut. C'était tout. Ça arrive. Les amis entrent et sortent de votre vie comme des serveurs de restaurant, vous avez remarqué ? Mais quand je pense à ce rêve, aux noyés impitoyables qui me tiraient les jambes pour m'entraîner sous l'eau, cela me paraît normal. Certains se noient, voilà tout. Ce n'est pas juste, mais ça arrive. Certains se noient.

33

Vern Tessio est mort dans un incendie qui a ravagé un immeuble de Lewiston en 1966 – à Brooklyn et dans le Bronx on appelle ce genre d'immeubles collectifs un taudis. Les pompiers ont dit que le feu avait pris vers deux heures du matin, et à l'aube il était réduit en cendres de la cave au grenier. Dedans il y avait une grande beuverie en cours. Vern en faisait partie. Quelqu'un s'est endormi dans une chambre avec une cigarette allumée. Peut-être Vern d'ailleurs, rêvant à son bocal de pièces. On l'a identifié, grâce à ses dents, ainsi que quatre autres cadavres.

Teddy est mort dans un accident sordide. C'était en 1971, je crois, ou peut-être début 1972. Quand j'étais petit il y avait un dicton : « Meurs seul, tu seras un héros. Entraînes-en d'autres avec toi, tu seras une merde. » Teddy, qui n'avait pensé qu'à être soldat depuis qu'il avait l'âge de vouloir quelque chose, a été refusé par l'aviation et réformé définitivement par l'armée. Tous ceux qui voyaient ses lunettes et son sonotone savaient que c'était prévu – tout le monde sauf Teddy. Au lycée il a été suspendu trois jours pour avoir traité le conseiller pédagogique de menteur plein de merde. Le CP avait remarqué qu'il venait souvent – voire tous les jours – à son bureau pour chercher de la documentation militaire. Il avait dit à Teddy qu'il aurait peut-être intérêt à choisir une autre carrière, et c'est là que Teddy avait explosé.

Il a dû redoubler un an à cause de ses retards, de ses absences à répétition, des cours qu'il avait séchés... mais il a obtenu son diplôme. Il s'était acheté une vieille Chevrolet Bel Air, et il traînait dans les endroits que fréquentaient jadis Ace, Fuzzy et les autres : la salle de billard, le dancing, le bar de chez Sukey, fermé de nos jours, et le Mellow Tiger, qui ne l'est pas. Il a fini par trouver un boulot à la voirie de Castle Rock, boucher les trous des routes avec du goudron.

L'accident a eu lieu à Harlow. La Bel Air était pleine (deux de ses amis venaient de ce groupe que lui et Vern s'étaient mis à driver en 1960), des joints et deux bouteilles de vodka passaient de main en main. La voiture s'est payé un poteau télégraphique, qu'elle a sectionné, et a fait une demi-douzaine de tonneaux. Une fille en est sortie vivante, techniquement. Elle est restée six mois dans ce que les infirmières de l'hôpital central du Maine appellent le service PPT – Poireaux Pommes de Terre. Ensuite une ombre miséricordieuse a retiré le bouchon de son respirateur. Teddy Duchamp a reçu à titre posthume la médaille de la Crotte.

Chris s'est inscrit aux cours de préparation universitaire en deuxième année de grand lycée – on savait tous les deux qu'il serait trop tard s'il attendait plus longtemps : il ne pourrait jamais rattraper son retard. Tout le monde s'est foutu de lui : ses parents, qui trouvaient qu'il prenait de grands airs, ses copains, qui le traitaient presque tous de pédé, le conseiller pédagogique, sûr qu'il n'y arriverait pas, et avant tout les professeurs, désapprouvant cette apparition avec banane, blouson de cuir et bottes de moto qui s'était matérialisée sans prévenir dans leurs salles de classe. On sentait que ces bottes et toutes ces fermetures Éclair leur paraissaient en contradiction avec des matières aussi nobles que le latin, l'algèbre et les sciences naturelles ; un tel accoutrement ne convenait qu'aux classes commerciales. Au milieu des garçons et des filles élégants et à l'esprit vif des familles bourgeoises de Castle View et de Brickyard Hill, Chris avait l'air d'un dragon sombre et muet pouvant d'un moment à l'autre se retourner contre eux avec un affreux rugissement comme un double échappement libre et les dévorer d'un seul coup avec leurs débardeurs, leurs cols Peter Pan et leurs chemises en lin à pattes boutonnées.

Il a failli tout lâcher dix fois dans l'année. Son vieux était le premier à le harceler, l'accusant de croire qu'il valait mieux que son père, l'accusant de vouloir « monter à l'université pour le pousser dans le ruisseau ». Une fois il lui a même cassé une bouteille de vin du Rhin sur le crâne et Chris s'est retrouvé à nouveau aux urgences où on a dû lui faire quatre points de suture. Ses anciens amis, dont la plupart passaient leur diplôme de fumeurs d'herbe, le sifflaient quand il passait dans la rue. Le conseiller pédagogique l'a magouillé pour qu'il suive *au moins* quelques cours de commerce, pour ne pas tout perdre. Le plus grave, bien sûr, c'est qu'il avait entièrement gâché les sept premières années de sa scolarité, et que l'addition lui tombait dessus avec les intérêts.

On a travaillé ensemble presque tous les soirs, quelquefois pendant six heures de suite. Ces séances me laissaient chaque fois épuisé, et parfois même effrayé – effrayé de sa rage incrédule à voir tout ce qu'il ignorait. Avant même de pouvoir comprendre l'algèbre élémentaire, il fallait qu'il réapprenne les fractions, puisque Teddy, Vern et lui avaient joué au snooker pendant toute la classe de sixième. Avant de pouvoir comprendre *Pater noster qui est in caelis* il fallait lui dire ce qu'était un nom, une préposition et un complément. En deuxième page de sa grammaire anglaise il avait calligraphié : AU CUL LES GÉRONDIFS. Pour les rédactions il avait de bonnes idées, et ses plans n'étaient pas mauvais, mais sa grammaire ne valait rien et il traitait le problème de la ponctuation à coups de fusil. Il a réduit son Warriner en lambeaux et a dû en acheter un autre à Portland – c'est le premier vrai livre qu'il a eu de sa vie, et c'est devenu pour lui une sorte de Bible.

Pourtant, la première année, on l'avait accepté. On n'a eu le tableau d'honneur ni l'un ni l'autre, mais j'ai terminé septième et lui dix-neuvième. L'université du Maine a bien voulu nous inscrire, mais je suis allé à Orono et Chris s'est retrouvé à Portland. Préparation aux études juridiques, vous vous rendez compte ? Encore du latin.

On avait des histoires avec des filles, mais aucune ne s'est mise entre nous. Cela veut-il dire qu'on était des mauviettes ? C'est ce qu'auraient pensé la plupart de nos anciens amis, Vern et Teddy compris. Mais il s'agissait avant tout de survivre. On était dans le grand bain et on s'accrochait l'un à l'autre. J'ai expliqué ses raisons, je crois. Les miennes étaient moins claires. Son désir de fuir Castle Rock et l'ombre de la filature me semblait refléter le meilleur de moi-même, et je ne pouvais pas tout simplement l'abandonner à lui-même. S'il s'était noyé, cette part de moi se serait noyée avec lui, me semble-t-il.

Vers la fin 71, Chris est entré au Palais du Poulet de Portland pour s'acheter un complet-frites. Devant lui deux types ont commencé à se disputer sur leur place dans la queue. L'un d'eux a sorti un couteau. Chris, qui avait toujours si bien su ramener la paix entre nous, s'est interposé et a pris le couteau dans la gorge. L'homme au couteau était déjà passé dans quatre prisons différentes ; il n'y avait qu'une semaine qu'il était sorti de la prison d'État de Shawshank. Chris est mort presque sur le coup.

Je l'ai lu dans le journal – Chris terminait sa deuxième année d'université. Moi, j'étais marié depuis un an et demi et j'enseignais l'anglais au lycée. Ma femme était enceinte et j'essayais d'écrire un livre. Quand j'ai lu cet article – ÉTUDIANT MORTELLEMENT FRAPPÉ DANS UN RESTAURANT DE PORTLAND –, j'ai dit à ma femme que j'allais boire un milk-shake. Je suis sorti de la ville en voiture, je me suis garé et j'ai pleuré. J'ai bien dû pleurer une bonne foutue demi-heure, j'imagine. Je n'aurais pas pu le faire devant ma femme, quel que soit mon amour pour elle. Je suis pas un dégonflé.

34

Moi ?

Je suis écrivain maintenant, comme je vous l'ai dit. Un tas de critiques trouvent que ce que j'écris est de la merde. Très souvent je trouve qu'ils ont raison... mais ça me fait toujours planer d'écrire *Écrivain* sur les formulaires qu'il faut remplir aux banques ou chez le médecin. Et mon histoire a tellement l'air d'un putain de conte de fées que ça paraît absurde.

J'ai vendu mon livre, on en a fait un film qui a été bien accueilli par les critiques et en plus a été un succès à tout casser. Tout cela m'est arrivé à l'âge de vingt-six ans. On a aussi tiré un film du deuxième livre, et du troisième. Je vous l'ai dit – c'est absurde. En tout cas, de me voir rester à la maison n'a pas l'air de gêner ma femme et nous avons trois gosses. Pour moi ils sont tous parfaits, et la plupart du temps je suis heureux.

Mais comme je l'ai dit, écrire devient moins facile et moins agréable qu'avant. Le téléphone sonne trop souvent. Quelquefois j'ai mal au crâne, très mal, il faut que j'aille dans une pièce obscure et que je m'allonge jusqu'à ce que ça passe. Les médecins disent que ce ne sont pas des vraies migraines ; ils parlent de « stress » et me disent d'en faire moins. Parfois je m'inquiète moi-même. Quelle habitude stupide... et pourtant on dirait que je ne peux pas m'arrêter. Et je me demande si ce que je fais a vraiment un sens, ou bien ce que je dois penser d'un monde où on peut devenir riche en jouant à « faire semblant ».

Mais c'est drôle, la façon dont j'ai revu Ace Merrill. Mes copains sont morts mais Ace est toujours vivant. Je l'ai vu sortir du parking de la filature juste après la sirène de trois heures la dernière fois que j'ai emmené les gosses voir mon père.

La Ford 52 s'était changée en break Ford 77. Un autocollant pâli sur le pare-chocs, REAGAN/BUSH 1980. Des cheveux coupés en brosse. Il a engraissé. Le beau visage aux traits aigus dont je me souvenais était enfoui sous une avalanche de chair. J'avais laissé les gosses chez mon père le temps d'aller acheter le journal au centre ville. J'étais au coin de Main et de Carbine, en attendant de traverser, et il m'a jeté un coup d'œil. Aucun signe qu'il m'ait reconnu sur le visage de cet homme de trente-deux ans qui m'avait cassé le nez dans une autre dimension temporelle.

Je l'ai regardé manœuvrer son break dans un parking délabré près du Mellow Tiger, descendre de voiture, remonter son pantalon et entrer dans le bar. J'ai imaginé la brève bouffée de country-western quand il a ouvert la porte, le relent aigre de bière à la pression, les cris de bienvenue des habitués quand il a refermé la porte et posé son gros cul sur le même tabouret qui doit le porter pendant trois heures chaque jour de sa vie – sauf le dimanche – depuis qu'il a eu vingt et un ans.

Alors voilà ce qu'est devenu Ace, ai-je pensé.

J'ai regardé sur la gauche, et au-delà de la filature j'ai pu voir la Castle, un peu moins large mais un peu plus propre que jadis, qui coule toujours sous le pont reliant Castle Rock à Harlow. La passerelle a disparu, mais la rivière est toujours là. Moi aussi.

D'autres livres

Wiz Albin Michel

Jennifer BELL, *Les Extraordinaires. Les Mystères de Londinor*

Jennifer BELL, *Les Extraordinaires. Le Sablier Fumant*

Jennifer BELL, *Les Extraordinaires, L'Armée des spectres*

Roshani CHOKSHI, *Aru Shah et la lampe du chaos*

Roshani CHOKSHI, *Aru Shah et le royaume naga*

Neil GAIMAN, *Coraline*

Neil GAIMAN, *L'Étrange Vie de Nobody Owens*

Neil GAIMAN, *Odd et les géants de glace*

Ben GUTERSON, *Winterhouse Hôtel*

Ben GUTERSON, *Retour à Winterhouse Hôtel*

Ben GUTERSON, *Les Mystères de Winterhouse Hôtel*

Inbali ISERLES, *Foxcraft. Les Possédés*

Inbali ISERLES, *Foxcraft. Les Anciens*

Inbali ISERLES, *Foxcraft. Le Mage*

Stephen KING, *Brume*

Stephen KING, *Le Molosse surgi du soleil*

Stephen KING, *La Petite fille qui aimait Tom Gordon*

Stephen KING, *Les Évadés*

Rick RIORDAN, *Percy Jackson. Le Voleur de foudre*

Rick RIORDAN, *Percy Jackson. La Mer des monstres*

Rick RIORDAN, *Percy Jackson. Le Sort du Titan*

Rick RIORDAN, *Percy Jackson. La Bataille du Labyrinthe*

Rick RIORDAN, *Percy Jackson. Le Dernier Olympien*

Rick RIORDAN, *Percy Jackson et les dieux grecs*

Rick RIORDAN, *Héros de l'Olympe. Le Héros perdu*

Rick RIORDAN, *Héros de l'Olympe. La Fils de Neptune*

Rick RIORDAN, *Héros de l'Olympe. La Marque d'Athéna*

Rick RIORDAN, *Héros de l'Olympe. La Maison d'Hadès*

Rick RIORDAN, *Héros de l'Olympe. Le Sang de l'Olympe*

Rick RIORDAN, *Kane Chronicles. La Pyramide rouge*

Rick RIORDAN, *Kane Chronicles. Le Trône de feu*

Rick RIORDAN, *Kane Chronicles. L'Ombre du serpent*

Rick RIORDAN, *Magnus Chase et les dieux d'Asgard. L'Épée de l'été*

Rick RIORDAN, *Magnus Chase et les dieux d'Asgard. Le Marteau de Thor*

Rick RIORDAN, *Magnus Chase et les dieux d'Asgard. Le Vaisseau des damnés*

Rick RIORDAN, *Les Travaux d'Apollon. L'Oracle caché*

Rick RIORDAN, *Les Travaux d'Apollon. La Prophétie des ténèbres*

Rick RIORDAN, *Les Travaux d'Apollon. Le Piège de feu*

Rick RIORDAN, *Les Travaux d'Apollon. Le Tombeau du tyran*

Rick RIORDAN, *Les Travaux d'Apollon. La Dernière Épreuve*

Laura SEBASTIAN, *Ash Princess*

Laura SEBASTIAN, *Lady Smoke*

Laura SEBASTIAN, *Ember Queen*

Jonathan STROUD, *La Trilogie de Bartiméus I. L'Amulette de Samarcande*

Jonathan STROUD, *La Trilogie de Bartiméus II. L' Œil du golem*

Jonathan STROUD, *La Trilogie de Bartiméus III. La Porte de Ptolémée*

Jonathan STROUD, *L'Anneau de Salomon*

Jonathan STROUD, *Les Héros de la vallée*

Jonathan STROUD, *Agence Lockwood & Co. Chasseurs de fantômes, Le Manoir de Combe Carey*

Jonathan STROUD, *Agence Lockwood & Co. Chasseurs de fantômes, Le Crâne qui murmure*

Jonathan STROUD, *Agence Lockwood & Co. Chasseurs de fantômes, Le Garçon fantôme*

Jonathan STROUD, *Agence Lockwood & Co. Chasseurs de fantômes, L'Ombre qui parlait aux morts*

Auteur des inoubliables *Ça*, *Shining* ou *Cujo*, **Stephen King** fait trembler des générations de lecteurs fidèles depuis près de cinquante ans. Avec plus de 60 romans et de 200 nouvelles, son œuvre a inspiré de nombreux écrivains, scénaristes ou réalisateurs, qui reconnaissent en lui un maître incontournable du suspense.

Logo Wiz : Caroline Ancelot

Conception graphique :
Impression CPI Bussière en février 2023
Éditions Albin Michel
22, rue Huyghens 75014 Paris
ISBN : 978-2-226-44536-0
ISSN : 1637-0236
N° d'édition : 23727/07 N° d'impression : 2070023
Dépôt légal : octobre 2019
Loi n° 49-956 du 16 juillet 1949 sur les publications destinées à la jeunesse.
Imprimé en France.